ずっと消えない約束を、キミと
～雪の降る海で～
河野美姫

カバーイラスト／花芽宮るる

あの日。
すべてを諦めた私に
君が見せてくれた
雪の降る海。

あの優しい海を
私は今でも覚えているよ——。

contents.

Scene 1　雪の降らない街
穏(おだ)やかな冬　　　　　　　　　8
腐(くさ)れ縁(えん)の兄妹　　　　　13
泣き虫で甘(あま)えん坊(ぼう)　　18
恋のすべて　　　　　　　　　24

Scene 2　雪崩(なだれ)のように
心を揺らす不安　　　　　　　36
夏色バースデー　　　　　　　41
寂しさが募(つの)る日々　　　　51
それは、突然(とつぜん)に。　　57

Scene 3　消えていく雪
見えない優しさ　　　　　　　66
ウサギのリンゴ　　　　　　　71
隠(かく)されていた真実　　　　79
"さよなら"　　　　　　　　　85

Scene 4　雪白(せっぱく)な想い
失くした恋と愛　　　　　　　96
優しい厳しさ　　　　　　　102
見落としていた欠片　　　　113
想いの強さの先に　　　　　118

Scene 5　雪が溶けない術(すべ)
彼の内に潜む悪魔(あくま)	128
できることとできないこと	137
自分にできること	149
刻まれていく時間	161

Scene 6　雪が降ったら
強くてもろい人	168
もうひとつの約束	182
欲しいもの	191
うれし涙(なみだ)と"確かな証"	204

Scene 7　雪待月(ゆきまちづき)の頃
薬指への予約と同罪	216
最後の約束	233
記憶(きおく)の中の確かな愛	244
思い出だけを残して	250

Scene 8　消えない雪
ただ、会いたい。	266
思い出の海	273
優しい奇跡	279
雪の結晶	290
あとがき	298

Scene 1
雪の降らない街

穏やかな冬

　海と山に囲まれたこの小さな街は、私が生まれ育った場所。
　春には道端にたくさんの花が咲き、夏には綺麗な海がよりいっそうキラキラと輝いて、秋には木々が紅く色づく。
　私が知っている限り、比較的暖かいこの街に雪が降ったことはたった一度しかない。
　それでも、本物の木を装飾したクリスマスツリーを見れば、冬の醍醐味だってちゃんと味わえる。
　都会のような派手さも華やかさもない、小さくて静かな場所だけど。
　私にとってはなによりも特別に感じられる瞬間がここにはあるから、私はこの街が大好きなんだ——。

　冬の匂いがする海岸は、半年前の暑さが嘘のように寒い。
　夏にはたくさんの人で賑わっていた場所だとは思えないほど静かで、サラサラとした砂に覆われている浜には珊瑚礁や貝殻が誰かの忘れ物のように落ちている。
　シーズンオフの海の家も、お客さんがいないであろう民宿も寂しげだけど、目の前に広がる景観はまるで美しい景色を収めた写真みたい。
　沈んでいく太陽が少しずつ朱く染まりはじめ、キラキラと輝く海面もオレンジ色に染めようとしていた。

「渚！」
 背中から飛んできた愛おしい声に、満面の笑みを浮かべながら振り返る。
「雪ちゃーん！」
 手を大きく振ってそう呼べば、雪ちゃんも手を振り返しながら走ってきた。
 大学１年生の彼は、中条雪緒。
 私のことを優しい笑顔で見つめてくれるだけで心の中をぽかぽかと温かくしてくれる、誰よりも大好きでなによりも大切な人。
「ごめん。待ったよね？」
 息を切らしながら申し訳なさそうに眉を下げる雪ちゃんに、ふわりと微笑みながら首を横に振る。
 雪ちゃんは苦笑を零したあと、私の鼻をきゅっと摘まんだ。
「嘘つき。鼻、こんなに真っ赤にしてるくせに」
「本当に待ってないよ。寒いのが苦手だから、すぐに赤くなるだけだもん」
 雪ちゃんに摘ままれた鼻のせいで、変な声になってしまう。
「風邪ひいたら大変だし、早く俺の家に行こ？」
 心配そうな顔をしている雪ちゃんの大きな左手が、私の右手をすっぽりと包んで優しく握ってくれた。
 雪ちゃんは、いつものように私の制服のスカートについ

た砂を払ってから、ゆっくりと歩きだした。

「冬の間だけでも、待ち合わせ場所変えない？」
「どうして？」
「渚が風邪ひきそうだから」
「私なら平気だよ？」
「俺が気になるの」
　眉を寄せてため息をついた雪ちゃんに、思わず唇を尖らせる。
「大丈夫だもん！　それに、待ち合わせは絶対にあの場所なの！　あそこは……」
「"俺達の思い出の場所"だから、だろ？」
　優しく遮った雪ちゃんが、私の足を見てから困ったように眉を下げて微笑んだ。
「わかったよ。でもせめて、次からはもうちょっと暖かい格好で待ってて。それから、マフラーももっとしっかり巻いて」
　雪ちゃんはそう言うと、私のマフラーをグルグルと巻き直した。
「こんなの全然オシャレじゃない。しかも苦しいし……」
「これくらいでちょうどいいんだよ。渚は、ただでさえ薄着なんだから」
　呆れたようにコートのボタンまで留めてくれた雪ちゃんは、高校2年生の私と2歳しか違わないはずなのに、なんだか私の保護者みたいだって思う。

「雪ちゃん、お父さんみたーい！」
　反抗の気持ちを込めてぽつりと呟くと、雪ちゃんが瞳を緩めてクスリと笑った。
「なに言ってるんだよ。俺は渚の彼氏でしょ？　それとも、渚は俺にお父さんになってほしいの？」
「やだ……」
　抗議の瞳を向ければ、からかうように笑われた。
「冗談だよ」
　再び私の手を握った雪ちゃんが、ゆっくりと歩きだす。
　私に合わせてくれる歩幅は、足の長い彼にはなんだか不釣り合いに思えて、小さな笑みが零れてしまう。

　雪ちゃんの、二重の柔らかい瞳が好き。
　スッと通った鼻筋も、少しだけ薄い唇も、左の目尻にある小さなホクロも、骨張った手も。
　全部、全部、大好き。
「雪ちゃん、だーい好き！　ずーっと一緒にいてね」
「そんなの知ってるよ。俺も渚が好きなんだから」
　私の口癖に、雪ちゃんはいつも優しい笑顔で返してくれる。
　雪ちゃんが好き。
　好きで、大好きで。
　あまりにも大好きすぎて……。
　雪ちゃんのいない人生なんて、絶対に考えられない。
「雪ちゃん、キスして？」

「……家に帰ったらね」
「今してほしいの」
「渚は、俺を困らせるのが得意だね」
　雪ちゃんは困ったように眉を寄せて笑ったあと、優しいキスをしてくれた。
　優しい愛がこもったキスをもらった唇が、またワガママに動く。
「もう一回……」
「あとで嫌ってくらいしてあげるよ」
「雪ちゃんとのキスなのに、嫌になるわけないよ？」
　イタズラな笑顔を見せた雪ちゃんに小首をかしげて返せば、彼が面食らったように破顔した。

　ねぇ、雪ちゃん。
　私、雪ちゃんのことがどんどん好きになっていくよ。
　だから、ずっと一緒にいてね？
　まだ子どもだった私は、口癖の"ずっと"は叶うものだって信じて疑わなかった。
　当たり前にある、"未来"だと思っていたんだ——。

腐れ縁の兄妹

　桜が満開に咲き誇る４月、私は高校３年生に、雪ちゃんは大学２年生になった。
「おはよう、雪ちゃん！」
「おはよう。渚、髪の毛跳ねてるよ」
　家まで迎えにきてくれた雪ちゃんが、クスクスと笑いながら私の髪を手櫛で整えてくれた。
「だって、春休みの宿題が終わらなくて、ブローする暇がなかったんだもん」
「……渚、ちゃんと終わらせたって言ってたよね？」
　私の言い訳に怪訝な顔をした雪ちゃんに、慌ててハハッと乾いた笑いを返す。
「ぶ、物理だけ……つい、あと回しにしちゃって……」
　落とされた小さなため息に俯けば、雪ちゃんは私の顔を覗きこんできた。
「それで、その物理の宿題はちゃんと終わったの？」
「ま、まだ……」
「提出はいつ？」
「明日……」
　小さく答えると、雪ちゃんが呆れたような顔をした。
「だっ、大丈夫だよ！　今日も徹夜でがんばって、ちゃんと終わらせるから！」
　咄嗟にフォローをしたけど、私の能力ではそれは到底叶

いそうにないことは、私も雪ちゃんもわかっている。
　雪ちゃんはもう一度ため息を落としたあと、困り顔で微笑みながら私の頭をポンと撫でた。
「渚はやっぱり、俺を困らせるのが得意だね。あとで教えてあげるから、明日までにちゃんと終わらせよう」
「本当!?」
「渚の頭じゃ、どうがんばっても１日でできないでしょ」
「ひっどーい！」
　頬を膨らませた私に、雪ちゃんがクスクスと笑う。
「ほら、拗ねないでよ」
　抗議をしようと思ったのに、私のご機嫌を取るように微笑まれたから、そんなことはできなくなる。
「拗ねてないもん……」
　その笑顔に簡単に負けてしまった私は、まだ少しだけ頬を膨らませたまま雪ちゃんの手を握った。
「あんまり渚を甘やかすなよ、雪緒」
　不意に背中に飛んできた声に振り向けば、呆れたような顔をしたお兄ちゃんが立っていた。
「お兄ちゃん」
「渚に甘いのはどっちだよ、章太郎」
「絶対に雪緒だな！」
「よく言うよ……」
　眉を寄せて笑った雪ちゃんは、即答したお兄ちゃんにため息を返した。

雪ちゃんとお兄ちゃんは同い年で、幼稚園から高校までずっと一緒だった。
　ただ、大学に進学した雪ちゃんとは違ってお兄ちゃんはもう就職しているから、今はそれぞれ別の道を歩んでいるんだけど。
「あれ、そういえば今日は早いな。いつもはもうちょっと遅いだろ？」
　私と話すときとは違う雪ちゃんの口調に、なんだかドキドキしてしまう。
　いつもの話し方も好きだけど、今みたいに話す雪ちゃんは男の子らしさがすごく出ているから。
　雪ちゃんが不思議そうにしていると、お兄ちゃんが欠伸をひとつしてから「まぁな」と答えた。
「朝イチで、お得意さんから修理の予約が入ってるんだよ。なんか、急ぎなんだってさ」
「へぇ。あんな小さな工場でも、結構大変なんだな」
「……お前、究極に爽やかな笑顔で、なにげに失礼なこと言うんじゃねぇよ」
　私のうちは、車の修理屋を営んでいる。
　従業員の少ない小さな工場だけど、この街にも周辺の街にも車の修理ができるようなところはないから、それなりに繁盛しているとは思う。
　お兄ちゃんは、その家業を継ぐために高校卒業後に整備関係の専門学校に通って、そこも卒業した今はお父さんの下で修業中なんだ。

『毎日ガミガミ怒られる』ってよく言っているお兄ちゃんに反し、お父さんは陰ではすごく喜んでいる。
「冗談だよ。章太郎のお父さんはすごいよな。大変な仕事なのに、毎日朝早くからがんばってるんだから」
「いや、俺もがんばってるんだけどな」
　雪ちゃんとお兄ちゃんは、俗に言う"幼なじみ"。
　だけど……それを言うと、ふたりは『ただの腐れ縁だよ』って眉を寄せて笑う。
　今みたいに憎まれ口を叩きあう姿なんて、すごく仲が良さそうに見えるのに。
「あっ、章太郎のせいで、渚が遅刻寸前だ」
「はっ？　いや、雪緒のせいだろ」
　腕時計を見ながら言った雪ちゃんに、お兄ちゃんがすかさず返したけど。
「絶対に章太郎のせいだけど、今はそんなこと言いあってる暇もないんだ。急ごう、渚」
　彼はお兄ちゃんを軽くあしらってから、私を促した。

　結局、私は遅刻ギリギリで教室に飛びこんだ。
「セ、セーフ……」
「珍しいね〜、渚がギリギリなんて。今日は雪緒くんと一緒だったんでしょ？」
　息を切らしながら呟いた私に、隣の席の加原真保が言った。
　私と真保も幼稚園からずっと一緒だから、それこそ腐れ

縁の仲なのかもしれない。
「だって……途中でお兄ちゃんが邪魔してきたから……」
「章太郎くんが？　どうして？」
「またあとで話すよ……」
　不思議そうな顔をしている真保を横目に、ぐったりとしながら机に突っぷす。
　体はクタクタだったけど、雪ちゃんと繋いでいた手にはまだ彼の温もりが残っている気がして、自然と頬が綻んでしまう。
　雪ちゃんと手を繋いで走り抜けた桜の花びらが舞う通学路の景色を思い出せば、このなにげない一日の始まりに幸せを感じていた。

泣き虫で甘えん坊

　放課後、すぐに学校をあとにしていつもの海岸に行くと、先に雪ちゃんが来ていた。
「雪ちゃーん！」
「うわっ……！」
　座っている雪ちゃんの後ろから飛びついた瞬間、彼の体が勢いよく前のめりになった。
「渚〜！　急に飛びかかってきたら、びっくりするだろ」
「だって、びっくりさせたかったんだもーん！」
「いや、危な――」
「それより、雪ちゃんの方が先に来てるなんて珍しいね！今日は早く終わったの？」
　満面の笑みで矢継ぎ早に訊いた私に、雪ちゃんは困ったように笑いながら頷いた。

　家に着いて私の部屋に入ると、雪ちゃんが呆れ顔でため息をついた。
「……あのさ、渚。どうしてこんなに散らかってるのかな？」
「え〜っと……」
「春休み中に、一緒に片づけたよね？」
「アハハッ……！」
「笑ってごまかしてもダメだよ。また足の踏み場がなくなってるし……」

「昨日、ちょっと物理の教科書を探してただけなんだけどね……」
「"ちょっと探してただけ"で、どうしたらここまで散らかせるんだよ?」
　ごまかすように苦笑いを浮かべ、ひとまず散乱している雑誌を拾いあつめていく。
「とりあえず、今日は物理の宿題を優先するしかないし、片づけはあと回しにするか。その前に、渚には反省が必要だけどね」
「はぁい……」
　唇を尖らせながらも小さく手を挙げると、雪ちゃんがため息混じりに微笑んだ。
「おとなしく返事したってダメだよ。お仕置きとして、今日はみっちりしごくからね」
「えっ!?」
「さて、さっさと始めようか」
　爽やかににっこりと笑った雪ちゃんを前に、思わず口もとが引きつってしまう。
　雪ちゃんがそんな顔をするときは、あのお兄ちゃんですら不戦敗を決めこむくらいスパルタになるから……。

　予想どおり、雪ちゃんは泣く子も黙(だま)るほどのスパルタ指導をしてくれた。
「……で、ここはこの例題をそのまま使えば解けるから。わかる?」

「わ、わかんない……」
「そう……。じゃあ、もう一回最初から説明しようか」
「ええっ!? またっ!?」
「当たり前だろ」
　そう言って天使のように笑った雪ちゃんが、まるで悪魔のように見えた。

　それからどっぷり日が暮れるまで、雪ちゃんのスパルタ授業が終わることはなかった。
　途中で夕食を食べるための休憩(きゅうけい)があったことが唯一(ゆいいつ)の救いだったのに、一緒に食べることになった雪ちゃんが食事中にまで物理の問題を出してきたから、煮こみうどんが何度も喉(のど)に詰(つ)まりそうになった。
　そんな私達のことを、両親はすごく微笑ましそうに見ていたけど、お兄ちゃんだけは私に同情の眼差しを向けていた。
　なんとも言えないこの複雑な気持ちは、雪ちゃんの性格をよく知っているお兄ちゃんとしか分かちあえないものだと思う。
「もう無理……」
　きっちり埋まった最後の１枚のプリントを見て、雪ちゃんが満足げに目を細めて笑った。
「うん、よくできました」
　ぐったりとベッドに倒(たお)れこんだ私の頭を、大きな手が優しく撫でてくれる。

極上の笑顔をくれた雪ちゃんを見ていると、ちゃんとがんばって良かったって心底思った。
　それでもまだ足りない私は、ノロノロと起きあがってベッドに腰かけた雪ちゃんに両手を伸ばす。
「雪ちゃん、ご褒美にぎゅってして」
「はいはい」
　雪ちゃんはクスリと笑ったあと、私をぎゅっと抱きしめてくれた。

　雪ちゃんの力強い腕が好き。
　私の体をすっぽりと包んで、心の奥まで温めてくれるから。
　雪ちゃんの匂いが好き。
　私の鼻先を優しくくすぐって、すごく幸せな気持ちにしてくれるから。
「雪ちゃん、キスは？」
「ご褒美、これだけじゃ足りない？」
「全然足りないよ。雪ちゃん、超スパルタなんだもん……。教え方はすごく上手だと思うけど」
「これでも、一応教師を目指してるからね。まぁ小学校の先生だけど」
　雪ちゃんは目を細めて微笑むと、私の唇にチュッとキスをしてくれた。
「……雪ちゃんは、就職のときにはここを出ていくの？」
　しがみつきながら顔を上げて訊いた私に笑みを向けた雪

ちゃんが、少しだけ考えるように眉を寄せた。
「う〜ん、そうだね……。できればここを離れたくはないけど、この街だと小学校も少ないし、そうなるかもしれないね」
「そんなの絶対に嫌！ 雪ちゃんがいなくなったら、寂しくて死んじゃうもん！」
「そんなことで死なないよ」
　クスクスと笑う雪ちゃんが余裕そうに見えて、本当はすごく悔しくてたまらないのに、それ以上に大きな寂しさが込みあげてきて、鼻の奥がツンと痛くなった。
　潤んだ瞳で雪ちゃんを睨むと、彼が困り顔になる。
「まだどうなるかわからないんだから、そんな顔しないでよ」
「でも、本当にそうなっちゃったらどうするの？」
　唇を尖らせた私を見て、雪ちゃんがふわりと破顔した。
「じゃあ、そのときは渚も俺と一緒に来ればいいよ」
　優しい声でそんなことを言われて、胸の奥がキュンと鳴る。
「泣き虫で甘えん坊の渚を置いていくのは、俺も心配だからね」
　甘く囁いた雪ちゃんは、泣きだしそうな私を慰めるように頬に唇を寄せて、そっとキスをしてくれた。
「雪ちゃん、好き……」
　潤んだままの瞳で雪ちゃんを見あげれば、彼が優しく破顔する。

「知ってるよ」
「じゃあ、もっとキスして……」
「あんまりくっつくと、俺の理性が飛ぶよ？」
「いいよ？」
「……ダメ。下におばさん達がいるし。それに渚は声が大きいから、あとで俺が章太郎に殴(なぐ)られる」

　冗談めかして意地悪な顔で笑った雪ちゃんを睨むと、彼は苦笑しながら小さなため息をついた。
「そんな顔しないでよ。今日は、これで我慢(がまん)しといて」

　そして、少しだけ申し訳なさそうに眉を下げながら、唇に甘いキスをひとつくれた。

恋のすべて

　普段は緩やかに授業が進む小さな街の学校でも、さすがに受験生には厳しい。

　まだ5月末なのに、3年生になってからは全国模試や抜き打ちテストがバカみたいにあって、毎日机にかじりつくことを強制されている私の頭は爆発寸前だった。

　教室から見える窓の外には、憎らしいくらいの青空。

　どこまでも高く広い空には、ゆったりと流れる雲とそれを見守るように太陽が輝いている。

　今日は半袖でも暑いくらいで、緩やかに吹く風には微かに夏の匂いが混じっている気がした。

　こんな日にはいつも、雪ちゃんと出会ったときのことを思い出す——。

＊＊＊

　雪ちゃんと出会ったのは、まだ文字も書けないくらい幼い頃だった。

　覚えているのは、その日が夏の匂いが微かに混じった穏やかな日で、ちょうどこれくらいの季節だったってこと。

　それから、いつも待ち合わせ場所にしているあの海岸で、お兄ちゃんと遊んでいたってことだけ。

　たまたまそこを通りかかった雪ちゃんが、お兄ちゃんに

気づいて手を振った。
　他のことは、ほとんどなにも覚えていない。
　それなのに……雪ちゃんに会った瞬間、まだ淡い恋すら知らなかった私の胸の奥がときめいていたことだけは、まるで昨日のことのように覚えているんだ。
　海岸に下りてきた雪ちゃんは、私とお兄ちゃんを交互に見た。
『可愛いね。章太郎の妹？』
　ふわりと緩められた瞳が私を捉え、雪ちゃんがお兄ちゃんに訊いた。
『そうだよ』
　お兄ちゃんが答えると、雪ちゃんは私の視線に合わせてしゃがんだ。
『こんにちは。君の名前は？』
　優しくて穏やかな声が胸の奥をくすぐるように響いて、なんだかすごく緊張してしまった。
『なぎさ』
『名前も可愛いね』
　そう言って笑った雪ちゃんを見た瞬間、私の中のなにかがパチンと弾けた。

　その日を境に、お兄ちゃんが雪ちゃんと遊ぶときは私もついていくようになった。
　お兄ちゃんは、小さな私を連れて遊ぶことを疎ましがることもあった。

だけど、雪ちゃんはいつも、嫌な顔ひとつせずに私と遊んでくれた。
　小学校に入学してからは、苦手だった漢字もできなかった逆上がりも、雪ちゃんが教えてくれた。
　中学生になっても、困ったことがあると雪ちゃんに泣きついた。
　そんな私を、雪ちゃんはいつだって優しく受け入れてくれた。
　だから……この恋がいつから始まっていたのかなんて、自分でもわからない。
　雪ちゃんが可愛いって言ってくれた服は、何度も何度も着た。
　中学生になったとき、ロングだった髪をミディアムにして緩く巻いたら、雪ちゃんがすごく褒めてくれた。
　だから、それからはずっとその髪型にするようになって、今はもうすっかり定着してしまった。
　二重の瞼がもっと大きく見えるようにメイクの勉強をして、大人っぽくなりたくて飽きるくらいファッション雑誌を読みあさった。
　雪ちゃんにも私のことを見てほしくて、ただその一心で必死に努力をした。
　だけど、どんなにがんばっても、年齢だけは追いつけない。
　いつも、雪ちゃんだけを見ていた。
　いつだって、雪ちゃんのことだけで頭の中がいっぱい

だった。
　それでもときどき、たったふたつの歳の差が、私と雪ちゃんを冷たく引き離そうとしている気がした。
　中学生になっても高校生になっても、雪ちゃんの態度は変わらなかったけど、歳を重ねるたびに私と彼の距離が少しずつ離れていくみたいで、なんだかすごく寂しかった。
　そしてなによりも、私はいつだって雪ちゃんしか見ていなかったのに……。
　高校生になった彼の隣には、同じ制服を着た大人っぽい女の子がいたんだ。
　雪ちゃんの瞳に映るその女の子が、すごく羨ましくて。
　私は彼女と同じ場所に立てないことが、すごく悔しくて。
　私以外の女の子に笑う雪ちゃんに、胸の奥が締めつけられたみたいに苦しくなった。
　息の仕方が思い出せない。
　涙の止め方もわからない。
　雪ちゃんの前ではその苦しさを隠すことができそうになくて、少しずつ彼のことを避けるようになった。
　だけど、もうずっと雪ちゃんのことばかりを見てきた心は、彼のことを忘れさせてくれない。
　それがまた苦しくて、たくさん泣いた。

　中学3年生の冬、久しぶりに雪ちゃんと会った。
　海岸で沈んでいく夕陽をぼんやりと眺めていたら、学校帰りの雪ちゃんが私に気づいて声をかけてきたんだ。

どこか気まずくてうまく笑えない私のことを、雪ちゃんはすごく心配してくれて……。
　向けられたその優しさに心が痛くなって、思わず涙が溢れ出した。
『渚？　どうしたの？』
『私……あと２年早く生まれたかった……』
『え？』
『そしたら、雪ちゃんと同い年だったのに……』
　そんな意味のわからない理由で泣く私に、雪ちゃんは困惑したように眉を下げていた。
『……渚は、俺と同い年になりたいの？』
　こくりと頷いてから俯くと、雪ちゃんが私の顔を覗きこんできた。
『どうして？』
『だっ、て……』
　穏やかな瞳が、私を優しく促す。
『私が、どんなにがんばっても……雪ちゃんは、どんどん離れていっちゃうんだもん……』
『そんなことないよ』
　諭すように優しく笑った雪ちゃんに首を横に振ると、彼がますます困ったように眉を寄せた。
　胸の奥が、すごく苦しかった。
　雪ちゃんを困らせたいわけじゃないのに、どうしてうまくいかないんだろうって思った。
『俺は、渚から離れていったりしないよ？　困ったことが

あったら、前みたいにまたいつでも助けてあげるから』
『でっ、でも……』
　小さな子をあやすように笑う雪ちゃんに、胸の奥がぎゅっと締めつけられる。
『雪ちゃんには……彼女がいるもん……』
『……彼女？』
『隠さなくてもいいよ……。私、雪ちゃんが彼女と一緒に歩いてるところ、見たんだから……』
　不思議そうな顔をした雪ちゃんから視線を逸らすと、彼がすぐにクスリと笑った。
　そして、背けていた私の顔をまた覗きこんでから、瞳を緩めてふわりと破顔した。
『それって、俺が高１のときに付き合ってた子のことかな？』
『うん……』
『その子とならすぐに別れたし、それからはずっと彼女なんていないよ』
　笑顔の雪ちゃんの言葉が嘘じゃないって、すぐにわかった。
　すると、それまでモヤモヤとしていた気持ちがスーッと溶けていった。
　同時に、今がチャンスかもしれないって思った。
　だって、雪ちゃんにまた彼女ができてしまったら、やっぱり私達の距離は開いてしまう気がして……。
　もう一度あんな気持ちを味わうことを考えれば、この想

いを告げる決意をするのに迷いは生まれなかった。
　心臓が、ドキドキと騒ぎだす。
　それを抑えるように思い切り深呼吸をしてから、意を決してゆっくりと口を開いた。
『雪ちゃん、私ね……』
　だけど――。
『ストップ！』
　私の言葉は、すぐに雪ちゃんによって掻き消されてしまった。
　きょとんとしていると、悩ましげな笑みが向けられた。
『それ、今はまだ聞けない。渚がちゃんと志望校に合格したら、そのときに聞かせて』
　当時の私にその言葉の意味を理解することはできなかったけど、雪ちゃんに逆らうようなことはしたくなくて小さく頷いた。

　それから受験までの１ヶ月間、雪ちゃんは前みたいに私に勉強を教えてくれた。
　すごくうれしい反面、ドキドキして集中できないときもあったけど、雪ちゃんに教えてもらうと苦手な教科でもがんばることができた。
　本番の受験当日には、雪ちゃんが家まで迎えにきてくれて、学校まで一緒に行ってくれた。
　それが本当に心強くて、入試のときはあまり緊張しなかった。

結果が出るまでの1週間は、合否のことよりも雪ちゃんのことで頭がいっぱいだった気がする。

　そして、迎えた合格発表の日。
　雪ちゃんのおかげで、私は志望校に見事に合格した。
　誰よりも一番最初に雪ちゃんに結果を伝えたくて、その日はあらかじめ彼を海岸に呼び出していた。
　今思えば、残念な結果を報告しなきゃいけない可能性だってあったのに、あのときの私はなぜか合格できる気がしていたんだ。
『雪ちゃーん！』
『渚！　どうだった!?』
『合格したよっ!!』
　笑顔で答えながら、雪ちゃんに飛びついた。
　学校に合否を確認しに行ってからすぐに海岸に行ったのに、暖かい日だったにもかかわらず、雪ちゃんの体はすっかり冷えきってしまっていた。
『おめでとう、渚！』
　降ってきた嬉々とした声に、思わず涙が溢れた。
　ぴたりとくっついた私の体に伝わる冷たい体温は、雪ちゃんが早くから待っていてくれたんだってことを教えてくれて。
　込みあげてくる涙と一緒に、彼への想いが溢れ出した。
『雪ちゃん、私ね……雪ちゃんのことが好きなの……』
　震える声で小さく小さく零した言葉に応えるように、雪

ちゃんがフッと笑ったのがなんとなくわかった。
　だけど……私は緊張で顔を上げられなくて、そのまま雪ちゃんの胸もとを見つめていた。
　そんな私にプレゼントされたのは、優しい言葉。
『そんなの知ってるよ。だって、俺も渚が好きなんだから』
　まるで、私の気持ちをずっと知っていたかのように囁いた雪ちゃんに、思わず目を丸くする。
　予想外のことに、頭の中が整理できなくて。
　それでも雪ちゃんの表情を確かめたくて顔を上げれば、そこにはいつもの優しい瞳があった。
『渚も晴れて高校生になれることだし、もう解禁してもいいかな』
　独り言のように呟いた雪ちゃんに反して、私は驚きのあまり、ただきょとんとしたまま彼を見つめていることしかできない。
『渚、俺と付き合って？』
　満面の笑みで首をかしげられて、ますます目を大きく見開く。
　だけど……。
　考えるよりも先に、とにかく首を縦に振っていた。
　雪ちゃんは楽しげにクスクスと笑ったあと、私をぎゅっと抱きしめてくれた。
　その瞬間、胸の奥から温かくて甘い感情が次々と溢れ出して、瞳からまた涙が零れた。
　潤んだ瞳で見た雪ちゃんが柔らかく目を細めていて、

やっと働きだした思考が少し遅れて状況を理解する。
　春が間近に迫った冬の海岸で、私は誰よりも大好きな雪ちゃんと心が結ばれた——。

　付き合って少ししてから、雪ちゃんはいろいろと話してくれた。
　雪ちゃんに頼ってばかりの私が、雪ちゃんといたらダメになってしまうかもしれないと思うようになったこと。
　それを懸念して、私から離れて彼女を作ってみたこと。
　だけど逆に、雪ちゃんの方が私と離れることに寂しさを感じて、その彼女とはすぐに別れてしまったこと。
　それなのに、今度は私の方が雪ちゃんを避けるようになって、すごく後悔したこと。
　それでも……私が高校生になったら、自分の気持ちを伝えようと心に決めていたこと。
　私の受験が終わるまで待つことにしたのは、『俺とのことで渚が勉強を疎かにしてしまいそうだったから』って言っていた。
　確かに、もし受験前に雪ちゃんと付き合うようになっていたら、私の頭の中はますます彼のことでいっぱいになって、きっと受験勉強なんてちっとも手につかなかったと思う。
　だから、そんなことまで見抜いて待っていてくれた雪ちゃんの気持ちが、本当にすごくうれしかった。
　ただ、たとえほんのひとときだけだったとしても、雪ちゃ

んの隣に私以外の女の子がいたことだけはやっぱりすごく悲しかったけど……。

　雪ちゃんは、そんな気持ちさえもすべて見透かすように、私のことをすごく大切にしてくれた。
　それはもう、付き合いはじめたことを知ったお兄ちゃんや真保が呆れるくらいに。
　そんなふたりを余所(よそ)に、私の心の中はますます雪ちゃんでいっぱいになっていった。
　恋人として手を繋ぐドキドキ。
　溶けてしまいそうなほどの甘いキス。
　涙が出るくらい幸せな抱擁(ほうよう)。
　好きって気持ちも、愛おしさも、切なさも。
　そして、初めてひとつになったときに感じた、あの甘い痛みも。
　この恋のすべてを私に教えてくれたのは、雪ちゃんなんだ。

Scene 2
雪崩のように

◊

心を揺らす不安

　雨の季節を待ちわびていた紫陽花(あじさい)が咲く6月下旬、あの海岸は海開きになった。
　梅雨の時季になると、この街はもう夏同然。
　海水浴だって充分できるくらいの気候だから、そのために県外から遊びにくる人も多い。
　小さな海水浴場だし、特別に混みあうことはあまりないものの、海岸の近くには夏の間だけ営業している民宿が何軒かあるから、いつもよりも賑やかになる。
　他に観光するところなんてないから"観光地"って言えるほどの街ではないけど、綺麗な海が広がるあの海岸はこの街が心から誇れる場所だと思う。

　日曜日の昼下がり、たくさんの人達で賑わう海岸を横目に通りすぎ、その先にある雪ちゃんの家に来ていた。
「ねぇ、雪ちゃん」
　大量に出された数学の宿題にすっかり飽きてしまって、さっきから黙ったままの雪ちゃんに視線をやる。
　だけど、壁(かべ)を背にしてベッドに座っている雪ちゃんは、窓の向こうに広がる景色をぼんやりと見つめているだけで、なんの反応も返ってこなかった。
「……雪ちゃん？」
　不意に小さな不安を感じたのは、雪ちゃんの横顔が憂(うれ)い

を滲ませている気がしたから。
　物思いに耽るようなその表情は、どこか不機嫌にも見えた。
　私の声が、雪ちゃんに届いていない。
　そのことに少しだけ戸惑いながらも、今までに抱いたことのない、言葉にできないような不安が芽生える。
　そんな私の目の前で、突然雪ちゃんが眉をグッと寄せた。
「……っ！」
　小さく小さく漏らされた、呻きのような声。
　目をぎゅっと閉じて、なにかを必死にこらえるように歪められた顔。
　それから程なくして、その"なにか"が雪ちゃんの中から消えたみたいで、彼は安堵のため息をついた。
「雪ちゃん……？」
　恐る恐る声をかけると、雪ちゃんがハッとしたように慌てて私を見た。
「どうしたの？」
　私に笑顔を向けた雪ちゃんは、もういつもと変わらない彼に戻っていた。
　だけど、そんな雪ちゃんに対して芽生えた違和感が、私の心を不安で揺らす。
「雪ちゃん、なにかあった？　それとも、体調が悪いの？」
「え……？」
　目を見開く雪ちゃんのそばに行って隣に座り、彼の瞳をじっと見つめる。

「最近、なんだか変だよ？　ボーッとしてることが多いし、難しい顔ばっかりしてるんだもん」
「そんなことないよ」
　雪ちゃんは、少しだけ疲れたような顔をしながらも柔らかく微笑み、左手でうなじを触った。
「でも……」
「難しいレポートが溜まってて、ちょっと寝不足なんだ。でも、それ以外は別になんともないよ」
　納得がいかない私を、雪ちゃんは笑顔でやんわりと制してくる。
「心配かけてごめん。でも、渚が心配するようなことはなにもないからさ」
「うん……」
「もしかしたら、レポートが終わるまでは難しい顔ばっかりしてるかもしれないけど、変な顔になってても気にしないで」
　おどけたように笑った雪ちゃんを見ても、私はなんだかうまく笑えない。
　心の中で燻り続ける不安を消せないまま、ただ黙って頷くことしかできなかった。

　雪ちゃんの姿に違和感を抱いたのは、実は今日が初めてじゃない。
　ほんの数日前にも、あんなふうになにかをこらえるような雪ちゃんの姿を見て、さっきみたいに言葉にできないよ

うな不安を感じた。
　雪ちゃんは、私なんかよりもずっとしっかりしているし、私がこんなふうに心配をする必要はないのかもしれない。
　だけど……何度呼んでも気づかないほどボーッとしている雪ちゃんなんて、少なくともこれまでは見たことがないからどうしても気になってしまう。
　今だって、私の心の中で燻っている不安がなにかを告げようとしている気がして、気になってたまらなかった。
　不安を抱えたまま雪ちゃんを見ると、彼はもうすっかりいつもの柔らかい笑みを浮かべていて、さっきのことはまるでなかったかのようにも思えてしまう。
「雪ちゃん……」
「ん？」
　不安に感じたことを今日こそ口にしようと、動かした唇。
　それなのに、抱いている気持ちをうまく言葉にできなくて、結局はすぐに首を横に振ってしまった。
「……なんでもない」
「もしかして、甘えん坊症候群かな？」
「うん」
　私は不安を隠すように必死に笑って、雪ちゃんにぎゅっと抱きついた。
「そんなにくっついてたら、また理性が飛ぶよ？」
　楽しげにクスクスと笑う雪ちゃんに、ますます強く抱きつく。
「飛んでもいいよ。もっとぎゅってしてほしいから」

「渚は、今日も甘えん坊だね」
　雪ちゃんはフッと笑うと、私の額にチュッとキスをしてくれた。
　そのまま顔中にキスを落としてくれる雪ちゃんが愛おしくて、どんなことがあっても絶対に離れたくないって強く思う。
「雪ちゃん、好き……。本当に大好きなの……」
「俺も渚が好きだよ」
　溢れる想いを譫言(うわごと)のように呟くたびに、雪ちゃんは優しくキスで応えてくれた。
　まるで雪が少しずつ積もっていくように、私の心の中に不安が募っていく。
　それを掻き消すように雪ちゃんに強く抱きついて、彼の名前を何度も何度も呼んだ。
　ぴたりと吸いつくように重なる肌(はだ)。
　パズルのピースがはまるように絡(から)まる指先。
　そして、最初からひとつだったみたいに繋がる体は、雪ちゃんじゃないと絶対にダメなんだ。
　大丈夫……。
　きっと、大丈夫……。
　ただの気のせいだよ……。
　雪ちゃんと繋がっている間、心の中で何度も繰(く)り返した。
　そうすることで、さっきまで抱いていた負の感情をなかったことにしようとしていた。

夏色バースデー

　その存在を誇示するように太陽がギラギラと照りつける8月上旬、私は18歳の誕生日を迎えた。
「渚、誕生日おめでとう」
「ありがとう」
　雪ちゃんは午前中から家に来てくれて、満面の笑みでお祝いの言葉をくれた。
「でも、日付が変わるときも、雪ちゃんと一緒にいたかったな……」
　欲を言えば、一緒に誕生日を迎えたかった。
　日付が変わる前から電話で話していたから、0時ぴったりにもお祝いをしてもらったけど、それだけじゃ足りない。
　少しだけ不満に思っていると、雪ちゃんが眉を寄せながら笑った。
「お泊まりしてくれたら良かったのに……」
「それは、渚が高校を卒業したらね」
　雪ちゃんは、変なところでこだわりがある。
　そのせいで、私の17歳最後のお願いが却下されてしまった。
「ねぇ、どうしてお泊まりはダメなの？　高校生でもお泊まりくらいしてるよ？」
「けじめ、かな」
「キス以上のこともいっぱいしてるのに……」

「……それはそれ」
　唇を尖らせて抗議をする私から、雪ちゃんが少しだけ視線を逸らす。
「……頑固ジジイ」
　納得できない私は、せめてもの反抗のつもりでぽつりと呟いた。
「ほら、そんな顔しないで。せっかくの誕生日なんだから」
　尖らせた私の唇に、雪ちゃんが人差し指を当てた。
　優しい笑顔で額にチュッとキスを落とされて、今すぐにでも溶けてしまいそうになる。
「はい、これ。ハッピーバースデー」
　直後に差し出された左手には、赤いリボンに包まれた小さな箱が乗っていて。
「わぁ、ありがとう！」
　一瞬でうれしさが込みあげたのと同時に、今まで抱いていた不満がどこかに吹きとんでしまった。
「開けてもいい？」
「どうぞ」
　雪ちゃんに断りを入れてからリボンを解いて、ラッピングを取った。
　ドキドキしながら箱を開けると、小さな蝶々のチャームがついたピアスが並んでいた。
　蝶々のチャームの上では、寄り添うようについた透明のストーンがキラキラと光っている。
「これって……もしかして宝石……？」

「ダイヤモンドだよ」
「嘘……」
　目を見開いて驚く私に、雪ちゃんがおどけたように笑う。
「かなり安物だけど、一応本物です」
「すっごくうれしい……」
「知ってる？　ダイヤモンドの宝石言葉って、"永遠の絆(きずな)"なんだって」
　雪ちゃんは、私の左手を持ちあげて薬指にそっと唇をつけた。
「いつかのために、ここも俺が予約しておくから」
　ロマンティックな愛の言葉に、感動で瞳が潤む。
「どうしよう、雪ちゃん……」
「ん？」
　薬指から雪ちゃんに視線を移すと、彼が優しく目を細めながら首をかしげた。
「私……うれしすぎて、死んじゃうかもしれない……」
「そんなことで死なないよ。それに渚が死んじゃったら、俺が困るだろ」
　クスクスと笑った雪ちゃんは、もう一度私の左手の薬指にキスを落としたあと、唇にもそっとキスをしてくれた。
「今日は海で泳ぐんだろ？　ほら、早く行こう」

　雪ちゃんは、いつだって私にたくさんの幸せをくれる。
　付き合う前からもらっていた誕生日プレゼントは、どれも大切に置いてある。

すっかり色褪せてしまったハンカチに、チャームが壊れてしまったストラップ。
　もう使えなくなったけど、絶対に捨てることなんてできない。
　記念日ごとにふたりで買うお揃いの物は、私と雪ちゃんが同じ時間を重ねた証。
　チェックのマフラー、オシャレなスニーカー、名前が刻まれた小さなシルバープレートのネックレス。
　いつもふたりの胸もとで揺れているそのネックレスは、これから未来の思い出も余すところなく刻んでいくんだ。
　もちろん、目に見えるものだけじゃない。
　喜びも、切なさも、ドキドキも、恋する気持ちも、雪ちゃんに教えてもらった。
　愛も、愛おしさも、幸せも、雪ちゃんがたくさん与えてくれる。
　だから、私も精一杯の想いを雪ちゃんに伝えたい。
「私ね、雪ちゃんのことが世界で一番大好きだよ！」
「俺はもっと好きだけどね」
「私の方が絶対に好きだもん！」
「じゃあ、お互い同じくらい好きってことかな」
「仕方ないから、そういうことにしておくね」
　満面の笑みの私を、幸せそうに微笑む雪ちゃんがぎゅっと抱きしめてくれた。

　真夏の海岸は珍しくたくさんの人で溢れていて、この街

には似つかわしくない景色が広がっていた。
　15分で着くからと家から着替えてきた水着は、今年買ったばかりのオフホワイトにカラフルなドット柄のビキニ。
「ねぇ、似合う!?」
「うん、よく似合ってる。可愛いよ」
　無理やり買い物に付き合わせたお兄ちゃんに見立ててもらったおかげで、雪ちゃんのツボにちゃんとはまったみたい。
「でも、ちょっと露出しすぎだよね。俺が見るのはいいけど、他の奴には見せたくない」
　不意に満面の笑みから渋い顔つきになった雪ちゃんに、思わず噴き出した。
「私は雪ちゃんしか見てないよ？」
「それはよく知ってるよ。でも、他の男が渚を見てるかもしれないだろ」
「そんなこと心配しなくても大丈夫だよ。それより、早く行こうよ！」
　ヤキモチを焼いてくれたことはうれしいけど、くすぐったい心を隠すように急かした。
「まったく。人の気も知らないで……」
　複雑そうにしながらも笑った雪ちゃんと手を繋いで波打ち際まで行った瞬間、太陽と反する海水の温度に首を竦めてしまった。
「きゃーっ！　冷た〜い！　雪ちゃん、すっごく冷たいよ！」

「でも、気持ちいいでしょ？」
「うん！」
　それから少しずつ沖に向かって海の中を歩いて、胸もとまで浸かったところで雪ちゃんの背中に飛びのった。
「うわっ!!」
「雪ちゃん、おんぶしてー！」
「……もうしてるでしょ」
「いいでしょ？」
「はいはい、渚は本当に甘えん坊だね」
　雪ちゃんは呆れたように笑いながらも、私をおぶったまま海の中を歩いてくれた。

　そのままお昼過ぎまで泳いで、海の家で昼食を済ませてから私の家に戻った。
　帰りにコンビニで買ったプリンを冷蔵庫に入れるためにキッチンに行くと、雪ちゃんが不思議そうな顔で首をかしげた。
「おばさんは？」
「真保の家に行くって言ってたよ」
「あぁ、民宿の手伝いか」
「でも、今日は早く帰ってくるって。お兄ちゃん達も仕事を早く切りあげてくれるみたいだから、雪ちゃんも一緒に夜ご飯食べていってね」
「うん、ありがとう。じゃあ、おばさんが帰ってきたら手伝わないとね」

「うん！」
　私は笑顔で頷いて、雪ちゃんと部屋に行った。

　1時間ほど部屋でのんびり過ごしてからリビングに下りて、ふたりでプリンを食べた。
　なめらかな食感のこのプリンが好きな私は、たちまち幸せな気持ちになる。
　そんなとき、ふとあることを思い出した。
「雪ちゃんって、昔はプリン食べなかったよね？　むしろ、嫌いじゃなかった？」
「そんなことないよ」
「そんなことあるよ！」
　自信満々に言うと、雪ちゃんがクスクスと笑った。
「まぁでも、確かに子どもの頃はあんまり好きじゃなかったかな」
「今は好きになったの？」
　雪ちゃんは、私の唇についたプリンを親指で拭ったあと、フッと笑みを零した。
「渚がいつも美味しそうに食べてるから、気づいたら俺も好きになってた」
　イタズラな笑みを浮かべた雪ちゃんが、指先のプリンをペロリと舐めた。
　私じゃなくて、プリンに向けられた"好き"なのに、胸がキュンキュンと鳴る。
「それに、ふたりで一緒に食べた方が美味しいでしょ？」

柔らかく緩められた雪ちゃんの瞳に、私までつられて破顔してしまう。
「顔、ちょっと赤いよ？」
「だって、雪ちゃんが……」
「俺のせいなんだ？」
「だ、だって……」
　雪ちゃんは楽しげにクスリと笑って、唇に触れるだけのキスをしてくれた。

　甘い雰囲気のまま部屋に戻った直後、背中にピリッとした痛みを感じた。
「雪ちゃん……」
「ん？」
「背中がヒリヒリする……」
　クーラーの涼しさの中で訴えると、雪ちゃんは眉を寄せた。
「日焼け止めちゃんと塗ったけど、やっぱり焼けちゃったかな……」
「渚、クールジェルある？」
「うん、あるよ」
「塗ってあげるから、服を脱いで」
　雪ちゃんに言われたとおりにすると、彼は手の平にジェルを垂らして私の背中に触れた。
「ひゃっ、冷た〜い！」
「ほら、じっとして。やっぱりちょっと赤くなってる」

しばらくすると、雪ちゃんの手の動きが少しずつ変わりはじめた。
「ねぇ、雪ちゃん」
「ん？」
「くすぐったいよ」
　下唇を噛んでくすぐったさをこらえていると、雪ちゃんがクスリと笑った。
「くすぐったいだけ？」
「ん～……」
「それだけじゃないよね？」
　ごまかすように下を向いた私の後ろから、雪ちゃんがイタズラっ子のように言いながらお腹に手を這わせてくる。
「雪ちゃん……」
「渚の背中見てたら、スイッチ入った」
　言いおわるよりも早く私の下着を外した雪ちゃんの指先が、無防備になった私の胸に触れた。
「ジェル……塗ってくれるんじゃなかったの？」
　吐息を混じらせる私の体の上を、雪ちゃんの手がイタズラに動く。
　ジェルのせいでひんやりとした指先の温度に、余計にゾクゾクしてしまう。
「もう塗ったよ。だから、こうしてるんだよ」
「雪ちゃんって見かけによらず、肉食系だよね……」
「そりゃ、俺だって健康な男だからね。渚の水着姿を見ただけでもやばかったのに、ふたりきりで無防備な姿を見せ

られたらさすがに我慢なんてできない」
「だって、雪ちゃんが脱いでって……っ……！」
　手を休めようとしない雪ちゃんは、どこか余裕がなさそうに眉を寄せて笑っていた。

　結局、そのあとの私は、夕食の支度を手伝うどころじゃなくなってしまって。
　お母さんが帰ってきたことにも気づかないくらいぐっすりと眠っていたことを、夕方になって目を覚ましてからすごく後悔した。
　私が寝ている間に雪ちゃんとお母さんが準備してくれた夕食は、大きなテーブルを埋めつくすほどのご馳走だった。
　こんなふうに誕生日を祝ってくれる恋人と家族に囲まれて、言葉にできないくらいの大きな喜びに心が包まれる。
　いつの間にか抱いていた後悔は消えて、代わりに雪ちゃんや家族に大切にしてもらっていることに幸せを感じて、ずっと笑顔で過ごしていた。

寂しさが募る日々

　夏の暑さも忘れかけた９月下旬の水曜日、私は教室の片隅でため息を漏らした。
「最近、元気ないね〜。実力テストの結果は良かったんでしょ？」
「うん……。でも、雪ちゃんにずっと会えてないんだもん。テストの結果が良くても、つまんない……」
　不思議そうな真保に小さく返して、またため息を零す。
　２学期が始まってからもう１ヶ月近くも経っているのに、その間一度も雪ちゃんと会えていない。
　夏休み中の雪ちゃんのスパルタ授業のおかげで、せっかく実力テストの結果は良かったのに、今はそれを素直に喜べないくらい、とにかく寂しくて仕方なかった。
「いや、普段は週３で会ってるんだよね？　学校どころか年齢も違う相手と２年以上も付き合ってて、それだけ頻繁に会ってる方がすごいと思うんだけど」
　呆れたように笑いながらクールな口調で言った真保を、睨むようにしてジトッと見る。
「私は、毎日だって雪ちゃんに会いたいもん！　でも、雪ちゃんの大学はちょっと遠いし、大学生っていろいろと忙しいみたいだから、我慢してるんだよ!?」
「雪緒くんだって、たまには甘えたがりな渚から解放されて、自由に過ごしたいでしょ」

「ひっどーい！」

呆れ果てている真保に抗議をすると、大きなため息が返ってきた。

雪ちゃんの通っている大学までは、この街からだと１時間くらいはかかる。

その上、雪ちゃんは家庭教師のバイトだってしているから忙しいのはよくわかっているし、そのせいで会えないのも仕方ないとは思う。

だけど……最近は電話やメッセージすらもまともにできていないこともあって、日に日に寂しさが膨らんでいくばかりだった。

「さっきメッセージしたら、今日も会えないって言われたんだよ……」
「理由は？」
「急にバイトになったんだって……」
「じゃあ、仕方ないでしょ」

真保は眉を寄せながらも、慰めるように私の頭をポンポンと撫でてくれた。

「渚、どうせ暇なんでしょ？」
「私にだって、予定くらい……」

放課後、帰り支度を済ませてから決めつけるように尋ねてきた真保に唇を尖らせたけど、残念ながら彼女の言うとおり暇なのは間違いない。

図星を突かれたことに口を噤むと、真保が眉を寄せて小

さく笑った。
「うじうじしてても仕方ないんだし、空き時間ができたと思って有意義に受験勉強でもしようよ。私達、一応受験生なんだからさ」
「私、進学しないもん」
「就職するにしても、筆記試験はあるんだよ？」
「うちの工場で事務でもするから、就職試験も受けないもん」
　まるで反抗期のような私の態度に、真保の口もとがピクリと引きつった。
「なーぎーさーっ!!」
「なっ、なに？」
「あんたねぇ、そんなに周りに甘えてばっかりでどうするの!?」
「べっ、別に甘えてないもん！　就職先はうちの工場だけど、ちゃんと仕事するもん！　それに、私のお兄ちゃんだって……」
「章太郎くんはちゃんと専門学校に行って、整備士の勉強したじゃん！」
「そりゃあ、お兄ちゃんは車を修理するんだし……。でも、事務なら資格とかいらないもん！」
　なんとなくバツが悪くなりながらも必死に言い返すと、真保の顔に怒りの色が浮かんだ。
「受験はしない、試験も受けない、だから勉強もしない、って……。いくら自分の家の工場の事務でも、パソコンのス

キルくらいは必要でしょ!?」
「パソコンなら、雪ちゃんに……」
「ほら、またそうやって頼る!」
「い、いいじゃん!」
「全然良くないよ! 雪緒くんに頼ってばっかりで、どうするの!? 雪緒くんがずっとそばにいてくれる保証なんてないんだし、家族にもそうやって甘えてばっかりだったら、ひとりじゃなにもできない人間になるよ!」

　真保がこんなふうに厳しいことを言うのは、私のことを考えてくれているからだってことはちゃんとわかっている。
「ひどいよ、真保……。そこまで言わなくてもいいじゃない……」

　それなのに、つい拗ねたような口調になってしまったのは、また図星だったから。

　痛いところを突かれたことに気まずくなって、ひねくれた言い方しかできなかっただけ。
「ごめん、ちょっと言いすぎたね……」

　だから、当たり前のことを真剣に指摘してくれた真保が謝る必要なんて、ちっともないんだ……。
「ううん……」

　さらにバツが悪くなったのを隠して首を小さく横に振ると、真保は雰囲気を変えるようにふわりと笑った。
「でも、図書館に付き合うくらいはいいでしょ?」

　勝ち気な猫目に、真っ黒でツヤのあるショートヘア。

スラリとしたスタイルは、この街にはどこか似つかわしくない。
　クールそうな外見にぴったりな、しっかりとした意志を持っている内面。
　どんなに厳しい言葉を並べていても、そこにはいつも思いやりがある。
　そんなものを持ち合わせている真保は、すごく大人だと思う。
　私とは全然違う真保が、本当はすごく羨ましくて。
　逆立ちしたって彼女には敵わない自分自身が、情けなく思えてくる。
　そんな小さな悔しさが混じった気持ちを抱えながらも、真保についていくことを決めた。

　図書館で真保が受験勉強をしている間、彼女のさっきの言葉を思い出してパソコン関連の資料を探してみた。
　パソコンは家にある物をときどき使っているから、人並みくらいには扱えるつもりだったけど。
　1冊目の本を軽く読んだだけでも、仕事をするほどのスキルを要求されたら応えられないってことに気づいた。
　難しい言葉ばかりの羅列に、早くもうんざりしてしまう。
　それでもなんとなく引っこみがつかなくなって、ページを捲っていった。
　そして、眉間にシワが寄っていることにも気づかないでいた私は、目の前で真保が満足げに笑っていたことなんて

全然知らなかった。

　それから２時間後、私達は図書館をあとにした。
「結局、借りたんだね」
「まっ、まだ途中だったから！」
　私が持っている数冊のパソコン関連の本に視線をやった真保に、言い訳のように切り返したのは少しだけバツが悪かったから。
　真保はクスクスと笑って、グッと伸びをした。
「帰ったらまた勉強するかな～」
「まだするの!?」
「当たり前でしょ。私は薬学部に行って、薬剤師になりたいんだもん。受験までもう時間がないし、もっと追いこまなきゃ」
　夕暮れどきの太陽が空をオレンジ色に染める中、真保はどこか誇らしげに破顔していた。

それは、突然に。

　数日後の日曜日。
　やっと雪ちゃんに会えることになった。
　あまりにもうれしくて昨日はほとんど眠れなかったし、今日は約束の時間より30分も早く海岸に着いた。
　1ヶ月近くも会えなかったことなんて今までになかったから、雪ちゃんに話したいことがたくさんある。
　なにから話そうかと考えては、頭の中で溢れる話題に笑みが零れた。
「雪ちゃん、まだかな？」
　海岸から見える道を見あげて、雪ちゃんの姿を探してしまう。
　雪ちゃんが来たらほんのちょっとだけ拗ねて、そのあとは思い切り甘えようっ！
　穏やかな風が吹く海岸で、そんな幸せなことを考えていた。

　いつもなら海を眺めて待つけど、今日は歩道に繋がる階段の方ばかり見ていた。
　久しぶりに会うから、なんだかドキドキしてしまう。
　喜びや楽しみが混じった幸せな感情を抱えて待ち続け、約束の時間の10分前になったとき。
「雪ちゃーん！」

歩道を歩いてくる雪ちゃんをみつけて、思わず満面の笑顔で叫んだ。
　私に気づいた雪ちゃんが笑う。
　いつもなら、そうなるはずだった。
　だけど——。
「……雪ちゃん？」
　今日は雪ちゃんが笑顔を見せてくれることも、大きく手を振った私に応えてくれることもなくて、右手が行き場を失くしてしまった。
　どうしたのかな……？
　いつもと違う雪ちゃんの様子に芽生えた違和感が、不安に変わっていく。
　それでも、せっかく久しぶりに会えたうれしさに背中を押されるように精一杯の笑顔を作って、ゆっくりと海岸に下りてきた雪ちゃんの元に駆けよった。
「雪ちゃん、久しぶりだね！　ずっと忙しかったの？」
「……うん」
　雪ちゃんが作った短い沈黙(ちんもく)に、不安が大きくなる。
　それを隠すように、明るい笑みで口を開いた。
「あっ、あのね！　私、雪ちゃんに話したいことがいっぱいあるの！　最近、パソコンの——」
「渚」
　明るく振る舞う私を、雪ちゃんの声が静かに遮った。
「……話があるんだ」
　低い声で告げられた途端(とたん)、私の中に嫌な予感が走りぬけ

た。
　その直後、感じていた不安をより色濃くするかのように、背中から吹く海風が強くなった。
「俺……」
「まっ、待って！」
　話を始めようとした雪ちゃんを慌てて制したあと、考えるよりも先にそのまま続けていた。
「今日は、先に私の話を聞いてほしいの！　ずっと会えなかったから、話したいことがたくさんあってね！　テストの結果とか！　それにね、私パソコンの勉強始めて――」
「渚」
　笑顔で必死に話す私を、また雪ちゃんが低い声で遮った。
　たった、ひと言。
　大好きな声で名前を呼ばれただけだったのに、なんだか泣きだしてしまいそうになった。
　その理由を、うまく言葉にすることなんてできない。
　だけど……不安を訴える心が、いつもと違う雪ちゃんが、私の涙を外側に誘(いざな)おうとする。
「お願いだから、ちゃんと話を聞いて」
　首を横に振ったのは、優しく諭すような口調とは違って、雪ちゃんの表情がまったく読めなかったから。
　その瞳には、いつもの優しさも、笑顔もない。
　それがまた不安を煽(あお)って、言葉にできないほどの大きな恐怖(きょうふ)に心が飲みこまれていった。
「渚……」

もう一度名前を呼ばれたとき、それが自分のことだってことが一瞬わからなかったほど、雪ちゃんの声が冷たく聞こえた。
　雪ちゃんはどこか苦しげに目を閉じて深呼吸をしたあと、眉を寄せながらゆっくりと目を開けた。
「……俺達、別れよう」
　はっきりとした口調で紡がれた、終わりを告げるセリフ。
　それを吐いたときの雪ちゃんの瞳に、いっさいの迷いがないことにも、当たり前のように彼の口から出たそのセリフにも、ただただ驚いて言葉を失ってしまった。
「俺達、もう終わりにしよう」
　再度開いた雪ちゃんの口から出たのも、私との終わりを望む冷たいセリフだった。
　膝が笑いだして、体がガクガクと震えはじめる。
　頭の中はパニックで真っ白になっていくのに、瞳に映る景色はやけにクリアで……。
　冷静な表情のままの雪ちゃんが、はっきりと視界に入っている。
「な……んで……？」
　カタカタと震える唇を必死に動かして口にした質問は、さらに強くなった海風によってすぐに掻き消された。
　程なくして、雪ちゃんはなにかを決意するようにゆっくりと息を吐いたあと、左手をうなじの辺りに置いた。
「他に好きな人ができたんだ……」
　信じられない言葉が雪ちゃんの口から出た瞬間、頭の中

を鈍器で殴られたような衝撃が走った。
「う、そ……。……嘘……嘘、だよ……ね……？」
　首を僅かに横に振りながら、譫言のように小さく繰り返す。
　そんな私に、雪ちゃんは左手でうなじを触ったまま深いため息をついてみせる。
「嘘じゃないから」
　面倒臭そうに眉をしかめる雪ちゃんは、私が知っている彼じゃない。
　それなのに……。
「もういい加減に、甘えん坊な渚の子守りはうんざりなんだ。すぐに泣くし、ワガママだし、周りに頼ってばっかりだし……。一緒にいると、とにかくイライラする」
　目の前にいる雪ちゃんは、冷静な表情を崩さずに確かにそう言った。
　海風が、私を容赦なく叩きつける。
　砂埃がショートパンツから露出した足に当たるたびに、ピリピリとしたような痛みが走って、今起こっていることが現実なんだって、嫌でも思い知らされてしまった。
「ごめん、そういうことだから……」
　雪ちゃんはため息をついて、たったそれだけの言葉で話を終わらせたかのように、私から視線を逸らした。
　これが現実だと理解した私の瞳には、涙が一気に込みあげてくる。
「ま、待っ……て……」

今にも漏らしてしまいそうな嗚咽をこらえながら呟くと、雪ちゃんが眉を寄せたまま私を見た。
　ポロポロと零れ落ちる涙は、まるで堰を切ったように止まらない。
　しばらくの間黙っていた雪ちゃんは、うなじを触っていた左手を私に向かって伸ばそうとしたけど――。
「……泣くな」
　その手は私に届くことはないまま、ゆっくりと空を切った。
「どんなに泣いたって、俺はもう渚の涙を拭ってやれないから」
　そして、雪ちゃんは私のすべてを冷たく突き放すように、踵を返してしまった。
　頭の中ではまだ状況を理解できていないのに、背中を向けた雪ちゃんが私を拒絶していることだけはわかる。
「待ってっ……！」
　それでも現実を受け入れられなくて、喉の熱をこらえ、嗚咽を押しこめながら必死に叫んだ。
「ゆっ、雪ちゃんっ、待って……！　雪ちゃ……っ、待ってよぉっ……っ！」
　今すぐに追いかけたいのに、私の足は震えているだけでちっとも前には出なくて……。
「お願いっ……！　待ってっ……！」
　雪ちゃんの背中に向かって、ただ必死に叫び続けることしかできない。

「雪ちゃんっ……！」
　だけど——。
「わ、悪いところ……全部直すから……っ！　もう泣かないし、ワガママも……っ、言わなっ、いからぁ……っ！」
　どんなに訴えても、雪ちゃんは振り返ってくれることすらなかった。

　雪ちゃんの姿が歩道から消えたあと、その場に崩れ落ちるようにしてへたりこんだ。
　肌に触れる砂が、やけに冷たい。
　次々と溢れ出す涙のせいで、うまく息ができなくて苦しいのに……。
　胸の奥が痛いくらいに締めつけられて、泣きやむことなんてできない。
　あんなにも冷たい声で話す雪ちゃんを、知らない。
　あんなふうに私を拒絶する雪ちゃんを、知らない。
　雪ちゃんがそばにいてくれないとうまく呼吸もできない私は、私達の未来に終わりが来るなんて考えたこともなかった。
　だって……。
　"ずっと"は、当たり前のように続くんだと思っていたから。
　あまりにも突然に訪れた、残酷すぎる現実。
　それはまるで、降りつもった雪が急激に崩れてそこにある物を奪ってしまう、抗うことのできない雪崩みたいだっ

た。
　晴れわたったこんな日には似つかわしくない、氷点下よりも冷たく痛い仕打ち。
「ゆっ……きちゃ……っ!」
　"喧嘩"なら、まだ良かった。
　きっと、すぐに"仲直り"ができるから。
　雪ちゃんが『嘘だよ』って言って戻ってきてくれたら、私はいつもみたいに少しだけ拗ねたあとで、彼に甘えてキスをねだるんだ……。
　だけど……無情にも、それが叶うことはなかった。

Scene 3
消えていく雪

見えない優しさ

　いつの間にか、海風は止んでいた。

　だけど、砂浜に座りこんで泣き崩れていた私は、まだちっとも動けないままで、夕陽が海に吸いこまれそうになっていることすら気づいていなかった。

　瞼を閉じても開いても、考えるのは雪ちゃんのことばかり。

　さっきまでこの場にいた雪ちゃんの首に、お揃いのネックレスはかかっていなかった。

　それは、雪ちゃんの中では私達はもう終わりを迎えたんだってことを、どんな言葉よりも雄弁に語っていて。

　去っていく雪ちゃんが、まったく知らない人みたいに思えた。

「ゆっ……き……ちゃ……」

　悪い夢であってほしかった。

　そしたら、目が覚めてすぐに雪ちゃんに電話をして、いつもみたいに慰めてもらえたから。

　だけど、そんな私の気持ちを嘲笑うかのように、握った拳に食いこむ爪が痛くて。

　これが現実なんだと、まざまざと思い知らされた。

　それなのに、私の頭は理解も納得もしようとはしない。

　この現実を認めてしまえば本当にすべてが終わってしまいそうで、どんなにみっともなく足掻いてでも認めたくな

かったんだ……。
　冷酷な声音で、淡々と話す口調。
　私を見ようとはしなかった瞳や、険しい顔つき。
　私は、あんなにも冷たい雪ちゃんを知らない。
　さっき見せられた雪ちゃんのすべてが、彼が生みだしたものだとは思えなくて……。
　やっぱり、現実を受け入れることなんてできなかった。
　雪ちゃんから告げられた理由だって、納得できるようなものじゃない。
　だけど……最後まで一度も振り返ってもくれなかったことが、雪ちゃんの答えだって考えるしかないのかもしれない。
　そう思うと、涙が止まらなかった。

「──渚！　渚！」
　不意に耳をかすめた声に気づいて、ゆっくりと顔を上げる。
　雪ちゃんが戻ってきてくれたのかもしれないなんて思ったけど、その期待は淡く色づくことすらなく消えた。
「お前、こんなところでなにしてるんだよ!?」
　海岸に下りてきたお兄ちゃんは、呆れたような表情の中に驚きも含んでいるように見えた。
「……泣いてるのか？」
　しゃがみこんだお兄ちゃんから、顔を背けるように俯く。
「雪緒となにかあったのか？」

お兄ちゃんの口から出た名前に、胸の奥がぎゅっと締めつけられた。
　お兄ちゃんに、本当のことは言えない。
　自分自身がまだ状況を把握することもできていないのに、さっきのことを話してしまえば嫌でも認めるしかなくなってしまいそうだったから。
　なによりも、私が雪ちゃんから別れを告げられたことをお兄ちゃんが知ったら、雪ちゃんとお兄ちゃんが喧嘩になってしまうんじゃないかって思ったから。
　だけど、すぐに笑顔を作って『なんでもない』って言えるほど、私は強くない。
　だから、お兄ちゃんに立ちあがるように促されるまでのしばらくの間、ただただ俯いたまま泣き続けていた。

　お兄ちゃんに支えられてようやく立ちあがれたときには、辺りは夕陽が消えて薄暗くなっていた。
「歩けるか？」
　作業着のままのお兄ちゃんが、心配そうに眉を下げて私の顔を覗きこんでくる。
　私は無言で小さく頷くことで、質問の答えを返した。
　昼間とは打って変わってひんやりとした空気が、体温を奪うように体に纏わりつく。
「……ったく。雪緒も様子がおかしかったし、いったいなにがあったんだよ？」
　お兄ちゃんは私を気遣うようにゆっくりと歩きながら、

いつものぶっきらぼうな口調で核心を突くように訊いてきた。
　そんなの、私が訊きたいよ……。
　唇を噛みしめながら心の中で呟けば、せっかく必死で止めた涙が再び頬を伝った。
「喧嘩……じゃないよな？　それにしちゃ、雪緒の様子がおかしかったし……。そもそも、あの雪緒がお前相手に喧嘩するとは思えねぇしな」
　お兄ちゃんの口から雪ちゃんの名前が出たことで、また涙が止まらなくなってしまう。
　そんな中、さっきよりも少しだけ冷静になれたのか、お兄ちゃんが雪ちゃんと話したんだってことに気づいた。
「話したの……？」
　私は、涙を拭いながら顔を上げて小さく尋ねた。
　その短い言葉だけですべてを悟ったらしく、お兄ちゃんが「あぁ」と頷いてみせる。
「仕事中に雪緒から電話が掛かってきて、『なにも訊かずに海岸に行ってほしい』って言われたんだよ」
「え……？」
　目を見開く私に構わず、お兄ちゃんはため息混じりに続ける。
「そんなこと言われたって仕事中だし、意味もわからねぇしで、相手にしてなかったんだけどな……。雪緒があんまりにも頼んでくるし、極めつけに『渚が泣いてると思うから』って言われちゃ、さすがに無視もできねぇだろ」

腑に落ちないような表情のお兄ちゃんから明かされたのは、私の知っている優しい雪ちゃんのことだった。
　いつもなら雪ちゃんが担ってくれていた役目を、今回はただお兄ちゃんに頼んだだけのこと。
　その行動には、私のことを本気で心配してくれているんだってことがわかるほどの優しさが、確かに隠されていた。
　反面、雪ちゃんのことがますますわからなくなっていく。
　他に好きな人がいるはずなのに、間接的だったとはいえ、私を助けてくれて……。
　やり方は雪ちゃんらしくないけど、そこには誰がなんと言おうと彼らしい優しさがあったから。

　結果的にお兄ちゃんからなりゆきを教えてはもらえたものの、私には見えないところから届いた優しさ。
　そこにはいったい、どんな意味があるんだろう……。
　優しい雪ちゃんだからこそ、そうしただけなのかもしれないけど。
　私が相手だったからこそ、雪ちゃんはそうしてくれたのかもしれない。
　冷たい言葉を並べて私のことを突き放したくせに、たとえどんな形であっても優しくされたら、余計に納得なんてできなくなってしまう。
　冷酷な声を発した雪ちゃんから与えられた"見えない優しさ"に、ただただ戸惑うことしかできなかった。

ウサギのリンゴ

　カラフルなドット柄の生地のカーテン越しに、窓の向こうが明るくなっていることに気づいて、すずめの囀りを聞きながら、ボーッとしている頭で朝を迎えたんだってことを理解した。
　私の気持ちを嘲笑うかのように昇った太陽を、無情だとすら思ってしまう。
　どんなときでも夜は明けるんだってことを、痛いくらいに思い知らされた。
「雪ちゃん……」
　泣きすぎたせいですっかりかすれてしまった声で呼んだ、誰よりも愛おしい人の名前。
　だけど……。
　返事はもちろん、一晩中握りしめていたスマホが鳴ることもなかった。

　しばらくすると、部屋のドアがコンコンとノックされた。
「渚、入るぞ？」
　ドアを開けたお兄ちゃんの手には、朝食が乗ったお盆。
　ホカホカと湯気を出すお味噌汁の、いい香りがした。
「ほら、朝メシ」
「いらない……」
　逃げるように布団をかぶると、お兄ちゃんがそれを剥い

だ。
「昨日の夜からなにも食べてないんだから、ちゃんと食えよ」
「欲しくないもん……」
「母さんも心配してるぞ。ひと口だけでもいいから食え。な？」

　なだめるように言われて、しぶしぶ起きあがった。
　お兄ちゃんは、お盆を私の顔の前に突き出した。
　温かそうなおにぎりが２個とお味噌汁とだし巻き卵、そしてウサギ型に切られたリンゴ。
　私の元気がないときは、決まっていつもウサギのリンゴが出てくる。
　小さい頃の私は、どんなに泣いていてもウサギのリンゴで笑顔になっていたから。
「渚の好きな物ばっかりだろ？」
「もう、子どもじゃないのに……」
「母さんや親父からすれば、俺達はまだまだ子どもなんだよ」
　お兄ちゃんは眉を寄せて小さく笑ったあと、私の唇にウサギのリンゴを押しあてた。
　ひと口かじったリンゴの甘味とほんの少しの酸味が、口の中いっぱいに広がる。
　それを飲みこんでからもうひと口かじると、お兄ちゃんが目を細めて微笑んだ。
　一重で目つきが鋭いお兄ちゃんは、いつだって少しだけ

冷たく見えるけど、こんなふうに微笑むときは雪ちゃんと同じくらい優しい顔になるんだ。
　その表情に救われるかのようにリンゴを食べ続け、やっとの思いで1羽目のウサギのリンゴを食べおえた。
「……雪緒となにがあった？」
　そんな私の様子を窺うように、真剣な面持ちをしたお兄ちゃんが静かに尋ねた。
　昨日、雪ちゃんと電話で話したお兄ちゃんは、私達の間になにがあったのかは知らないみたい。
　昨夜も同じことを訊かれたけど、頑なに沈黙を貫いた。
「なぁ、渚……」
　そして今も、昨夜とまったく同じ態度を取る私に、お兄ちゃんが困惑したように深いため息をつく。
「無理に訊きだすつもりはないけど、渚がそんな顔してる限り、母さんも親父も心配するぞ。もちろん俺も……」
　真摯な表情でかけられた言葉に、なんだか申し訳なさでいっぱいになって、そんな気持ちを隠すように俯く。
　すると、唇を噛みしめていた私の頭に、温もりがそっと落ちてきた。
　子どもの頃は私とほとんど変わらなかったその手は、今は私の手よりもずっと大きい。
　そこから与えられる優しい温度に、こらえていた涙が溢れ出す。
「雪緒となにがあったのかは知らないけどさ……。俺は、なにがあっても渚の味方だから」

そう言ったお兄ちゃんは、私の顔を覗きこんで微笑んだ。
　無条件に与えられた優しさに、また涙が込みあげてくる。
　なにも言えない私の口に、お兄ちゃんは２羽目のウサギのリンゴを押しあてて、ただ笑っていた。

　今日はどうしても学校に行く気にはなれなくて、生まれて初めてずる休みをした。
　なにもする気力が起きなくて、朝食にウサギのリンゴを食べたきり、お母さんが作ってくれた昼食も喉が通らないまま夕方になった。
　心配してくれたらしい真保から昼頃にメッセージが送られてきたけど、本当のことを言ったらまた叱られてしまいそうで……。
　だけどうまく嘘をつくこともできなくて、結局は夜になっても返事を送ることができなかった。
　最初のメッセージ以外にメッセージがもう１通、それと電話も１回掛かってきたけど、申し訳なく思いながらもやっぱりなにもできなかった。
「渚……。ちょっといいか？」
　不意に足音が聞こえてきたかと思うと、お兄ちゃんが控えめに訊きながら部屋に入ってきた。
　珍しく、いつもよりも１時間以上も遅く帰宅したお兄ちゃんは、まだ着替えも済ませていない。
　お兄ちゃんがそばに来ると、服に染みこんだオイル独特の匂いが漂った。

作業のときはツナギを着ているけど、きついオイルの匂いはどうしても私服にも移ってしまう。
「母さんがリンゴだけでも食えってさ」
「食欲ないから……」
　首を小さく横に振ると、お兄ちゃんは持っていたお皿をベッドサイドの小さなテーブルに置いて、ため息をついた。
　どこか重苦しさを感じる沈黙に、息苦しくなる。
　昼間もずっと泣いていたせいで目が腫れぼったいこともあって、私達を包む雰囲気が余計に暗く感じた。

「渚……」
　しばらく黙っていたお兄ちゃんが、私の瞳を真っ直ぐ見つめた。
　大きな決意をしたような、真剣すぎる瞳。
　その双眸に見すえるような視線を向けられて、心の中に言いようのない緊張感が走った。
　すごくすごく、嫌な予感がする。
　次にお兄ちゃんの口から出るのが良くない話なんだってことが、なぜかわかってしまった。
「雪緒のことはもう諦めろ」
　きっぱりと言い放たれた言葉に、目を大きく見開く。
　その声がすごく冷たく聞こえたのは、その内容が信じたくないことだったからなのか……。
　それとも本当に冷たい声だったのか、よくわからなかった。

「なんっ……で……？」
　言葉と同時に溢れ出した涙が、頬を伝ってポロポロと零れ落ちていく。
　お兄ちゃんは険しい表情をしながら、息をゆっくりと吐いた。
「とにかく……もう、雪緒のことは諦めろ」
　そして、私の問いには答えずに、さっきと同じことを言い放った。
「……っ、雪ちゃんとっ……話した……の？」
　涙混じりの声で途切れ途切れにそう投げかければ、お兄ちゃんは眉をしかめたまま小さく頷いた。
「さっき、雪緒と会ったんだ」
　雪ちゃんとお兄ちゃんがどんな話をしたのか、私にはわからない。
　だけど、お兄ちゃんの言葉に納得することなんて、絶対にできるはずがなかった。
「なんっ、でっ……？　なんでよっ!?」
　お兄ちゃんは悪くないのに、感情がうまくコントロールできなくて。
「お兄ちゃんは……っ！　なにがあっても、私の味方だっ、て……っ、言ったじゃなっ……！」
　目の前にいるお兄ちゃんの胸もとを掴んで、必死に訴える。
「どうしてっ……？」
　拳でお兄ちゃんの胸板を叩いてもうまく力が入らなく

て、ポスッとまぬけな音を立てるだけ。
「ねぇっ……！　どうして、そんなひどいこと言うのっ!?」
　それでも、泣きながら大声でお兄ちゃんを責めたてたけど、お兄ちゃんは黙っているだけで言い返そうともしない。
　それがなんだか虚(むな)しくて、お兄ちゃんに突きつけられた言葉が痛い。
「雪ちゃんに……好きな人ができたから……？」
　心の中がグチャグチャのまま、震える声でそう零した。
　お兄ちゃんが目を見開いたのは、ほんの一瞬だけ。
　だけど……私は涙で滲む視界でも、それを見逃(みのが)さなかった。
「雪緒がそう言ったのか？」
　戸惑いを隠すように静かに疑問形で呟いたお兄ちゃんが、私を見つめてくる。
　さっき見せた動揺(どうよう)はすっかり消えてしまっていたけど、お兄ちゃんの様子がなんだかおかしいってことに気づいて、僅かに冷静さを取り戻した思考がゆっくりと働いていく。
「雪ちゃんから聞いたんじゃないの……？」
　質問で返した私に、お兄ちゃんはなにかを考えるように眉を寄せた。
「俺は、雪緒から別れた理由までは聞いてないよ。ただ、『渚とはもう付き合えない』って言われただけだから」
　お兄ちゃんの落ち着いた口調に、どん底まで突き落とされた気さえする。

雪ちゃんの言葉を隠すことなく伝えたお兄ちゃんは、本当に私が彼のことを諦めることを望んでいるように見えたから……。
「本当に……雪ちゃんがそう言ったの……？」
「……あぁ」
　少しだけ間を置いてから頷いたお兄ちゃんに、私は絶望感に包まれて。
　僅かな力だけで掴んでいたお兄ちゃんの胸もとから、ゆっくりと手を離した。
　涙がポロポロと流れ落ちていく。
　止まることなく次々と溢れる雫は、まるで決壊してしまったダムみたい。
　制御することもできずに、ただ自然と出てくるそれを流し続けるしかなかった。
　お兄ちゃんは、そんな私を痛々しそうな表情で見つめていたけど、程なくして静かに部屋から出ていった。
　視界に映る世界は、色を失くしたように淀んで見える。
　俯いて泣き続ける私の涙が、部屋に置き去りにされたウサギのリンゴを濡らして……。
　そっと寄り添いあっている２羽のウサギも、私と一緒に泣いているように見えた──。

隠されていた真実

　相変わらず、涙は止まらなかった。
　涙の止め方を思い出せないのは、いつも雪ちゃんがそれを拭ってくれていたから。
　だからこそ、どれだけ泣いたって、そんな彼への想いが消えるはずがないんだ。
　泣きながら、いっそ涙と一緒にこの想いも流れていってくれたら、なんて思ったけど……。
　私の想いは、そんなに簡単に処理してしまえるような淡いものじゃない。
　だけど、なにをどうすればいいのかなんてわからない。
　だって、雪ちゃんがすべてだった私にとっては、いつだって彼が私の道標だったから……。

　ようやく涙を拭ったとき、視界にウサギのリンゴが入ってきて、喉の渇きを感じた。
　さっきまでなんともなかったのに、体が急激に水分を欲しはじめる。
　すっかり色が変わってしまったウサギのリンゴは干からびていて、食欲もない今、とてもじゃないけど口に運びたいとは思えなかった。
　ノロノロと起きあがって、ベッドから出る。
　家族と顔を合わせるのが気まずくて、しばらくの間はリ

ビングに下りることを躊躇していたけど、部屋を出て様子を窺った1階からは静けさを感じて、階段をそっと下りはじめた。

　誰とも顔を合わせたくなくて、できるだけ音を立てないように足を動かす。

　少しだけ古いこの家の階段はミシミシと音を出していたけど、その音量は私の気持ちを察するようにいつもよりも小さかった。

　最後の1段を下りてリビングのある左側を見ると、磨りガラスのドアが明るく照らされていた。

　それは、誰かがそこにいることを物語っている。

　思わず足を止めて躊躇していると、不意にぼそぼそと話し声が聞こえてきた。

　それらは、間違いなく両親とお兄ちゃんの声だった。

「嘘……でしょう……？」

　息を潜めるようにして耳を澄ませる私に届いたのは、お母さんの震える声。

　そこに表れていた明らかな動揺に感化されるように、胸の奥が騒ぎだす。

　正体のわからない〝なにか〟に包まれる心が、言葉にはできないほどの不安を生みだした。

「こんな嘘ついて……なんの意味があるんだよ……」

　次に聞こえてきたのは、まるでやり場のない感情を抑えているようなお兄ちゃんの声。

　鼓動が、大きく跳ねあがる。

ドクンドクンと脈打つ心音は大きくなる一方で、心臓が口から飛び出してしまうんじゃないかと思った。
「渚には……言ったのか？」
　今度は静かに話したお父さんの声が聞こえてきて、自分の名前が出たことによって、それを理解するよりも先に心臓がバクバクと鳴りはじめた。
「言ってない……」
　激しく飛びまわるように動く心臓は、今にも私の体を突きやぶってしまいそう。
　よくわからない緊張がせりあがってきたかと思うと、冷や汗がゆっくりと背中を伝った。
　この雰囲気から、"いい話"じゃないことは明確だった。
　不安と緊張に負けてしまいそうで逃げだしたいと思う反面、どうしても続きを聞かなければいけない気がして動けなかった。
「……雪緒に、口止めされてるんだ」
　不安でTシャツの胸もとをきゅっと握ったとき、お兄ちゃんが静かに告げた。
　雪ちゃんの話……？
　雪ちゃんの名前が出てきたことで、あんなにも騒いでいた心臓が落ち着いていく。
「あいつ、『渚には言うな』って……。『渚に言ったら、きっと泣くだけじゃ済まないから』って言ってたよ」
　だけど、そうなったのもほんの束の間のこと。
　お兄ちゃんの口から出てくる数々の言葉に、私はまた冷

静さを欠いてしまいそうになっていた。
　それでも、必死に足に力を入れて立っていた。
「雪緒の言うとおりだ……」
　お兄ちゃんの声が、廊下までしっかりと聞こえてくる。
「渚にとって、雪緒は"すべて"なんだ。だから渚は、雪緒がもうすぐ死ぬって知ったら……きっと簡単に雪緒のあとを追うよ……」
　落とされていった言葉達が、耳をすりぬけていく。
　話の内容をうまく理解することができないのは、どうしてなんだろう……。
　まるで理解することを拒絶するかのように、私自身が思考を閉ざそうとする。
　息が苦しくて、"今"が夢なのか現実なのかもわからなくなる。
　だけど、真実を知りたくて、リビングのドアに手をかけた。
「だから、雪緒が引っ越すまでは渚には──」
　お兄ちゃんの話をそこで遮ったのは、私が開けたドアの音だった。
「なっ、渚っ……！」
　目を見開いたお兄ちゃんに続いて、両親が振り返った。
　テーブルを囲んで座っている３人の視線が、私を捉えたかと思うとすぐに逸らされた。
「ゆ、き……ちゃ……」
　言葉を紡ぎ出そうとしても、思った以上に渇いている喉

に張りつくように出てこない。
　カチカチと歯が鳴って、体が震えていることに気づいたけど……。
　そんなことに構う余裕なんて、微塵もなかった。
「どういう……こと……？」
　説明を求める声も震えていたけど、誰も答えようとしないことに逆に少しずつ冷静さが戻ってくる。
「ちゃんと……ちゃんと説明してよ……っ！」
　まだ真実がわかったわけじゃないのに、涙が込みあげる。
「……雪ちゃんが……どうっ、したのよぉ……!?」
　こらえきれなかった涙がポロポロと零れて、嗚咽混じりの声を振り絞った。
　眉を寄せながら息を大きく吐き出したお兄ちゃんが、私の瞳を真っ直ぐ見つめてくる。
　あまりにも真剣すぎるその瞳が、すべてを語っている気がした。
　お兄ちゃんはゆっくりと深呼吸をしたあと、なにかを決意するように瞼を閉じた。
　次にお兄ちゃんが口を開いたら、きっと真実が紡がれる。
　聞きたいことなのに、それを知ってしまうのはどうしようもないくらい怖い。
　恐怖心のせいなのか、体温が下がっていく。
　程なくして、目を開けたお兄ちゃんの視線が私を鋭く突き刺した。
　知りたいと思う気持ちとは裏腹に、ここから逃げだすこ

とを考えてしまう。
　そして、次の瞬間。
「雪緒は……病気なんだ……」
　お兄ちゃんの低い声が、静かなリビングに重く響いた。
　息が苦しすぎて、呼吸が荒くなっていく。
「だから、渚とはもう──」
「雪ちゃん……死ぬ、の……？」
　お兄ちゃんの言葉を遮った私の視界は、涙で滲んでいるのに……。
　少しの間を置いてお兄ちゃんが小さく頷いた姿だけは、やけに鮮明に見えた。
　もう、声も出ない。
　頭の中が真っ白になっていく最中、私はリビングを飛び出していた。
「渚っ!?」
　息が苦しくてたまらないのに走るなんてバカなのかもしれないけど、今の私に雪ちゃんのこと以外を考える余裕なんて残っていなかった。

"さよなら"

　申し訳程度に並んだ街灯に照らされた道を、夜の闇を切るようにがむしゃらに走った。
　視界に広がる景色は涙でぼやけて滲んでいるけど、子どもの頃から歩き慣れた道だからたいした影響はない。
　さっきから苦しい胸の辺りは、走っていることによってさらに苦しさを増していく。
　何度も喉がヒュッと鳴り、そのたびに息がうまくできなくなって咳込んだ。
　だけど、今の私にとって、体が感じる苦しさなんてどうでもいい。
　ただ雪ちゃんに会いたい一心で、もう何度も通った道を全力で駆けぬけた。

　──ピンポーン、ピンポーン……。
　ようやく雪ちゃんの家に辿りつくと、迷うことなく伸ばした指先でインターホンを無遠慮に連打した。
『はい？』
　スピーカーから聞こえてきたのは、雪ちゃんのおばさんの怪訝そうな声。
「おばさんっ……！」
『渚ちゃんっ!?』
　息を切らしながらも大声で言った私に、おばさんは驚き

を隠せなかったみたい。
「おばさんっ……！　雪ちゃんに……会わせてっ……！」
　まだ整わない呼吸に邪魔をされて、声にした言葉が途切れ途切れになってしまった。
　息を整えている間、おばさんからの返事はなかった。
　やっとのことで呼吸が落ち着きはじめた私の状態を見計らうようにスピーカーからプツッという音が鳴って、モニターを切られたのがわかった。
「おばさんっ!?」
　どうして……？
　無言で造られた壁に、唇を噛みしめる。
　だけど、どうしてもここで引きさがるわけにいかない私は、もう一度インターホンに手を伸ばした。
　その瞬間、静かに玄関のドアが開いた。
「おばさんっ！　お願いっ、雪ちゃんに会わせてっ!!」
　思わず勝手に門扉を開けて、出てきたおばさんに駆け寄ると、おばさんは眉を寄せながら俯いた。
「ごめんなさい……」
　ほんの僅かな沈黙のあと、ゆっくりと顔を上げたおばさんが謝罪の言葉で拒否を示した。
「どうして……？」
　震える声で尋ねると、おばさんは戸惑いを見せながらも口を開いた。
「雪緒に言われてるの……。『渚が来ても、絶対に取りつがないで』って……」

さっきまで止まっていた涙がまた溢れ出し、ポロポロと零れ落ちていく。
「どうして……？」
　同じ言葉で疑問を口にした私に、おばさんがすごく悲しげに瞳を揺らしたから、私は信じたくなかったことを確信してしまった。
「雪ちゃっ……死んじゃっ……の……？」
　嗚咽が邪魔をしてまともに話せなかったけど、おばさんには伝わったんだと思う。
　雪ちゃんとよく似たおばさんの瞳が、苦しげに歪んだ。
「……っ！」
　声が詰まって、言葉が出てこない。
　お兄ちゃんの話を聞いても、信じていなかった。
　絶対に信じたくなかったから、信じないようにしていたのに……。
　おばさんの悲痛な表情を前にした今は、さっき聞いた話が現実なんだってことを理解するには充分だった。
「お願い、おばさん！　雪ちゃんに会わせてっ!!」
　自分が冷静だなんて思えない。
　だけど……。
　例えば、お兄ちゃんの話が"本当に"本当だったとしても、今私がするべきことはたったひとつだけ。
　雪ちゃんに会いたい。
　それがすべてだから、なんとしてでも雪ちゃんに会う。
　なにが真実であっても、たとえどんなに泣いたとしても。

雪ちゃんに会いたいって気持ちだけは、見失ってはいけない気がするから。
「ちょっとでもいいの！　だから、お願いっ!!　雪ちゃんに会わせて！」
　私は、頑なに拒絶するおばさんに掴みかかるような勢いで、何度も何度も懇願した。
「ごめんなさい……。ごめんなさい、渚ちゃん……」
　そんなふうに同じお願いをする私に対して、おばさんもまた同じ答えを返してくるだけ。
　平行線の状況に、やり場のない気持ちが込みあげてくるばかりだった。

　お互いに譲れない状況だというのは理解したけど、なんとしてでも雪ちゃんに会いたい私は、しばらくしてから意を決して息を大きく吸いこんだ。
　そして……。
「雪ちゃんっ!!　雪ちゃん、雪ちゃん、雪ちゃんっ！」
　雪ちゃんの名前を、何度も何度も呼んだ。
「なっ、渚ちゃん！」
　その直後、おばさんが慌てて私の肩を掴んだ。
「雪ちゃっ……！」
　カラカラになった喉のせいで、咳込んでしまう。
「渚ちゃん！　お願いだから落ち着いて！」
　それでも、おばさんの手を全身で押し返すように前のめりになって、ひたすら叫び続けた。

「雪ちゃんっ!! 雪ちゃっ、雪ちゃんっ……!」
 あまりにも必死で、今が夜中なんだってことすらどうでも良くて。
「雪ちゃっ……!」
 うまく呼吸もできないまま、なり振り構わず大声を上げる。
 するとしばらくして、私の声に応えるかのように、目の前のドアがゆっくりと開いた。
 出てきたのは、どこか呆れたような表情の雪ちゃんだった。
 久しぶりに会えた気がして、こんなときなのにうれしさを感じてしまう。
 その反面、頭の中はパニックで、冷静ではいられなかった。
「ゆっ、きちゃ……」
 名前もまともに呼べない私を、雪ちゃんが眉を寄せて見つめてくる。
「雪緒……」
「いいよ、母さん。仕方ないよ……」
 雪ちゃんは、戸惑いを残しながら申し訳なさそうにするおばさんのことは見ずにため息混じりに言い、私を見つめたままさらに大きなため息をついた。
 それから、私の足もとを見て、苦笑を零した。
 眉を寄せたまま微笑む雪ちゃんの顔は、私がよく知っている表情で。

どうしようもないくらいに切なくなって、胸の奥がきゅうっと締めつけられた。
「足、傷だらけだよ」
　そう言われて初めて、自分が裸足だってことに気づいた。
　なにか履いてきたのか、それとも最初から裸足で飛び出してきたのかどうかすらも、よく思い出せない。
「渚とふたりきりにしてくれる？」
　静かに言った雪ちゃんに、おばさんは戸惑いを浮かべながらもドアの向こうに消えた。

　残った私達を、真夜中の静寂が包む。
「……章太郎から聞いたの？」
　私の足もとに送っていた視線を上げた雪ちゃんが、落ち着いた口調でゆっくりと沈黙を破った。
　いつもと変わらないその声音にまた切なさが込みあげて、思わず唇をきゅっと噛みしめる。
　すると、雪ちゃんは私を見ながらため息をついた。
「まったく……。だから、章太郎に話すのも嫌だったんだよ……」
　眉をしかめて嫌がる素振りを見せながらも、本気で嫌がっているようには見えなくて……。
　そんな雪ちゃんを、私はただただ涙を浮かべた瞳で見つめることしかできない。
　だけど……。
「どっちにしても、渚と話すことはもうなにもないよ」

雪ちゃんは、あくまで私のことを突き放すつもりみたい。
「近いうちに引っ越すつもりだし、そうなればもう会うこともないだろうから」
　その声はいつもと同じなのに、口調はひどく淡々としている。
「ど……して……」
　ポロポロと流れる涙で濡れた頬を拭って訊けば、雪ちゃんが左手で自分のうなじに触れた。
「言っただろ、『他に好きな人ができた』って。俺は確かに病気だけど、別にそれを理由に別れを切りだしたわけじゃない。渚と一緒にいるのが疲れたからだよ」
　目の前にいるのは、誰……？
　冷たい瞳で私を見るこの人は、きっと雪ちゃんじゃない。
「わかった？」
　それなのに、どんなに雪ちゃんじゃないと思ってみても、その顔も声も間違いなく彼のもので……。
　声にならない言葉達を喉もとに残したまま、ただ泣くことしかできなかった。
　そんな私を、雪ちゃんは眉を寄せたまま見つめている。
　雪ちゃんのその顔がなにを考えている表情なのか、今の私にはもう察する力も残っていない。

「お迎えだよ、渚」
　泣き続ける私の向こう側を、雪ちゃんが指差した。
　その指先に導かれるようにノロノロと振り返ると、門扉

の外側にお兄ちゃんが立っていた。
　夜の闇の中、ぽっかりと浮きあがるお兄ちゃんの白いTシャツが近づいてくる。
「渚には言わない、って約束だっただろ？」
「悪い……。聞かれてることに気づかなくて……」
　不満げな顔をしている雪ちゃんに、お兄ちゃんが眉を寄せた。
　いつもと違うふたりにただならぬ雰囲気を感じているのに、閉じてしまった思考ではなにも考えられない。
「もういいよ」
　程なくして、雪ちゃんの声が耳を通りぬけた。
「渚……」
　俯いた私を呼んだのは、あの優しくて穏やかな声。
　こんなときでも愛おしさを感じて、私は頭で考えるよりも先に顔を上げた。
　目が合った雪ちゃんは、いつもと変わらない優しい笑みを浮かべていて。
　その表情に、私の心は自然と安堵感を抱く。
　だけど——。
「渚」
　それはほんの一瞬のことで、雪ちゃんはすぐに厳しい顔つきになったあと、眉間にシワを刻んでおもむろに口火を切った。
「"さよなら"だよ、渚」
　雪ちゃんの声がやけに鮮明に響き、胸を貫いた。

「待って……」
　咄嗟に口にした言葉はまるで届いていないみたいに、雪ちゃんはクルリと背中を向けてドアに手をかけた。
「雪ちゃんっ……！　わ……たしっ、ちゃんと話しっ、たい……」
　嗚咽混じりの言葉が落ちて、夜の闇に吸いこまれていく。
　一瞬だけ動きを止めた雪ちゃんが、迷いを見せたようにも思えたけど……。
　彼はまるでそれを振り払うように乱暴にドアを開け、最後まで振り返らずに家の中に入った。
「俺は……雪と同じように消えてしまうから……」
　ドアが閉まる直前、私に背中を向けたままの雪ちゃんが苦しげにそんな言葉を零した気がした——。

Scene 4
雪白な想い

失くした恋と愛

　今日って、何曜日だっけ……。
　そんなことすらわからないまま、ずっとベッドに潜っている。
　眠ったのか、眠っていないのかもよくわからない。
　ただぼんやりとしたまま、まるで電池が切れたオモチャのように過ごしていた。
　外に出たらすべてを認めてしまうしかない気がして、最後に雪ちゃんに会った日から一度も家から出ていない。
　食事もまともに摂らない私のことを、家族が心配してくれているのはわかっている。
　だけど、もう本当に、なんの気力も湧かないんだ……。

　こんなふうに過ごす中で、私にとって雪ちゃんがどれほどに大きな存在だったのか、何度も何度も思い知らされていた。
　バカみたいに雪ちゃんだけを見てきた、今までの私。
　雪ちゃんは、本当に"私のすべて"だった。
　今もなにひとつ変わらない雪ちゃんへの想いを抱いている私にとって、それを過去形になんてできるはずがない。
「雪ちゃん……」
　力なく呟いては、雪ちゃんの優しい笑顔を思い浮かべる。
『"さよなら"だよ、渚』

そして、そのたびに頭の中では雪ちゃんが発した残酷な言葉が響いていた。
『俺は……雪と同じように消えてしまうから……』
　雪ちゃんは最後に、確かにそう言っていた。
　自分の名前とかけてあんな言い方をしたのなら、あまりにもつまらない冗談だって思う。
　だけど……きっと、あれは本当のこと。
　雪ちゃんには似合わないあの冗談のような言葉の意味を考えれば、命を脅かす"なにか"を彼が抱いているってことなんだと結論づけるのが一番自然だと思うから。
　だからと言って、これからどうすればいいのかなんて、ちっともわからない。
　二度も拒絶されてしまったあとでは、さすがにもう雪ちゃんに会いにいく勇気はないから……。

　不意にドアがノックされて、お兄ちゃんが遠慮がちに顔を覗かせた。
「渚……。メシくらい食え」
　涙ぐんだままの瞳を伏せて、首を小さく横に振る。
　お兄ちゃんは深いため息をひとつ零し、ベッドに腰かけた。
「もう３日もまともに食べてないだろ」
　低いけど優しい声が静かに落ちてきて、大きな手がまるで壊れ物を扱うかのように私の頭を撫でる。
「なにも欲しくないの……」

弱々しく答えた私に、お兄ちゃんがまたため息を漏らした。
「お前は、本当に雪緒がすべてなんだな……」
　お兄ちゃんが呆れたように紡いだ言葉は、なにひとつ間違ってはいない。
　そのことをよく自覚しているから、迷うことなく素直に小さく頷いた。
「俺はずっとお前達を見てきたから、渚の気持ちもある程度はわかってるつもりだ。でもな……」
　ギシリとベッドが軋んで、私の頭を撫でていたお兄ちゃんの手に力がこもった。
「雪緒の気持ちは、もう変わらねぇよ……」
　冷たいことを言うお兄ちゃんに、声を荒らげてしまいそうになったけど……。
　残酷な現実を言葉にしたお兄ちゃんの手が優しくて、やっぱりそんなことはできなかった。
「雪ちゃんと……なにを話したの……？」
　かすれた声で尋ねれば、私の頭を撫でていたお兄ちゃんの手が止まった。
　途端に訪れた沈黙の中、私はお兄ちゃんからの返答を待つ。
　それなのに……しばらく待っても、その答えどころか、たったのひと言すら返ってこなかった。
　痺れを切らして少しだけ顔を動かして、視線をしっかりとお兄ちゃんに移すと、ずっと私を見ていたらしいお兄

ちゃんとお互いの双眸がぶつかって——。
「……ねぇ、いったいなにを隠してるの？」
　その直後に頭に浮かんだ疑問を、すぐに口にしていた。
　ほんの一瞬だけ、お兄ちゃんの瞳に動揺の色が混じった。
　お兄ちゃんは、昔から嘘をつくのがすごくうまい。
　だからきっと、それは兄妹じゃなかったら気がつけないくらい、本当に些細な変化だったと思う。
　だけど、私達は兄妹だから、私はその僅かな変化に気づいてしまった。
「答えてよ、お兄ちゃん……」
　真っ直ぐ見つめながら訴えると、お兄ちゃんが苦しげに唇を結んで眉を寄せる。
「別になにも隠してない」
　静かに答えたお兄ちゃんに、疑いの眼差しを向けた。
　お兄ちゃんはどこか気まずそうにしながらも、私から目を逸らそうとはしない。
「お兄ちゃん……」
　そう呼んだ声に、懇願の気持ちを強く込めてみる。
　すると、お兄ちゃんが覚悟を決めたように息を小さく吐いたあと、私の瞳を真っ直ぐ見つめ直した。
「渚、雪緒は……」
　とうとう根負けしたように切りだしたお兄ちゃんは、すぐに言葉に詰まって瞳にためらいを浮かべた。
　そして、短い沈黙のあとに意を決したようにもう一度息を吐くと、ゆっくりと残酷な言葉を紡いだ。

「雪緒のことはもう忘れろ」
　瞬間、目の奥から一気に熱が込みあげ、我慢する暇もなく涙がポロリと零れ落ちる。
「な、んで……？」
　かすれた声で素直な疑問を投げた私に、お兄ちゃんは眉を寄せているだけで。
　それが余計に、私の涙を外へと誘った。
　あれだけ泣いたのに涙が涸れることはなくて、次から次へと溢れる雫を零し続ける。
　歪んだ視界の中にいるお兄ちゃんが、今どんな顔をしているのかわからない。
　だけど――。
「なんでも、だ」
　お兄ちゃんが背中を向けて部屋を出ていく姿は、やけに鮮明に見えた。

「もう、わからないよ……っ！」
　ひとりぼっちになった部屋の中、涙声で吐き出した言葉が波打つシーツに溶けていく。
　雪ちゃんの気持ちが見えない。
　味方でいてくれるって言ったお兄ちゃんが、私と雪ちゃんを引き離そうとする意図も見えない。
　それでも、泣きすぎてぼんやりとした頭の中で、もうダメなんだってことだけは理解してしまった。
　同時に、改めて雪ちゃんがいない寂しさと虚しさをまざ

まざと突きつけられる。
「……ふ……っ、ぅ……」
　失くした恋も愛もあまりにも大きすぎて、私は声を押し殺して泣き続けることしかできなかった。

優しい厳しさ

　翌日になっても、なにもする気になれなかった。
　相変わらず、水分以外はほとんど口にしていない。
　それなのに空腹感もなくて、ベッドに身を沈めたままぼんやりと過ごしていた。
　学校を休むようになってから、今日で4日目になる。
　このままじゃいけないってことは、いくら甘えてばかりの私だってわかっている。
　だけど……今はもう、本当になにも考えたくない……。
　心配してくれているお兄ちゃんや両親には、すごく申し訳ないとは思う。
　それでも、起きあがる気力すら湧いてこなくて、ベッドから出ることすら億劫だった。

「渚……」
　ドア越しに聞こえてきたのは、お母さんの心配そうな声。
　お母さんは1日に何度も様子を見にきてくれるけど、私はまともに会話をすることもない。
「真保ちゃんが来てくれたわよ。……上がってもらってもいいでしょう？」
　そっと開いたドアから顔を覗かせたお母さんに、首を小さく横に振る。
　顔を背けた私の視界の端に映ったお母さんが、困惑顔で

ため息をついた。
「ごめん……。今は誰とも会いたくないの……」
「まーた、そうやって甘ったれるんだから！」
　かすれた声で呟いた直後、聞き慣れた声が飛んできた。
　反射的に見開いた瞳の中には、お母さんの後ろで眉を寄せて仁王立ちしている真保の姿があった。
　説教染みた言葉をかけられたことに気まずさを感じて、逃げるように布団に包まる。
「渚！　真保ちゃんがせっかく来てくれたんだから、ちゃんと顔を出しなさい」
「いいの、おばさん」
　叱責したお母さんを制してくれたことに、少しだけホッとしたけど──。
「渚と話がしたいから、ふたりだけにしてもらってもいいかな？」
　次に発された言葉で、心が一気に重くなる。
「ごめんね、真保ちゃん」
　申し訳なさそうに言ったお母さんが、部屋から出ていった気配がした。

　ふたりきりになった部屋の雰囲気が、やけに重く感じる。
　完全に布団から出るタイミングを失くしてしまった私は、ベッドの中で息を潜めるように真保の様子を窺っていた。
「渚」

優しく呼びかけられても、どう答えたらいいのかわからなくて返事ができない。
「渚……」
　ため息混じりに呼ばれたことでますます気まずくなって、顔を出すタイミングがわからなくなってしまった。
　すると……。
「なーぎーさー！」
　いつもの３倍以上は低くなった声で私を呼んだ真保が、力ずくで布団を剥ぎ取った。
　目が合ったかと思うと、真保は既に口を開いていた。
「４日も休んでるから心配したんだよ！　電話は出ないし、メッセージも返してくれないし！」
　その勢いに圧倒（あっとう）されて、言葉を飲みこんでしまう。
　少しして、真保がため息をついた。
「ご、ごめん……」
　自然と謝罪を零した私に、真保は眉を寄せる。
「まったく、もう……。体調が悪いのかと思ってたのに、そうじゃないみたいだし……。でも、このまま欠席してたら、内申にも響くよ？」
「別にいいよ……」
　どうせ私には、内申なんて関係ないから……。
　私の気持ちを察したのか、真保が大きなため息をついた。
「どうせ、『内申なんて関係ない』とか思ってるんでしょ？」
　図星を突かれて口を噤む私を、真保は呆れ顔で見ている。
「いくら実家に就職するっていっても、ちゃんと学校に来

なきゃダメだよ」
　真保の言い分は、よくわかる。
　私だって、そう感じていないわけじゃないから……。
　だけど——。
「ずる休みしてないで、ちゃんと学校に来なよ？　もうすぐ模試だってあるんだから！」
　"ずる休み"って言葉に、一気に苛立ちが募った。
「……そんな言い方しないでよっ!!」
　完全に、八つ当たりだった。
　真保は何度も連絡をくれていたし、今日はわざわざ家まで来てくれた。
　そんな真保の態度には、私のことを心配してくれていたんだって気持ちが詰まっている。
　それなのに、私は真保の言葉を許せなくて……。
「真保には……雪ちゃんが"すべて"の私の気持ちなんてわかんないよっ!!　なにも知らないくせに、説教なんてしないで！」
　涙を浮かべた瞳で彼女を睨んで、全力で怒鳴ってしまった。
「知ってるわよっ……！」
　その直後、真保が絞り出したような声で呟いた。
「……ちゃんと知ってるわよ」
　今度はしっかりとした声音で言った真保が、私を睨むように鋭い眼差しを見せながら眉をしかめた。
「甘ったれ！」

「なっ……!」
「甘ったれ！　甘ったれ！　甘ったれ！」
　突然のことに驚いている私に、真保は同じ言葉を繰り返す。
　いつも冷静な真保にしては、珍しく興奮した態度。
　だけど、私は頭に血が上っていて、その違和感に気づくことができなかった。
「なんなのよ!?」
　せめてもの抵抗(ていこう)で大声を発すると、真保がなにかをこらえるように唇を噛みしめた。
「どうしてっ……！　真保にそんなこと言われなきゃいけないの!?」
　自分が甘えん坊だってことくらい、よくわかっている。
　だけど、こんなときにあんなふうに言われてしまったら、責められているとしか思えなくて……。
「真保には……私のつらさなんてわかんないじゃん……」
　ポロポロと涙を零しながら、泣き声で呟いた。
「そうだよ……」
「だったら——」
「でも！」
　肯定(こうてい)した真保に言い返そうとした私を、彼女が大声で遮った。
「雪緒くんの方が、たぶん渚よりもずっとつらい思いしてるよ……」
「え……？」

雪ちゃんの名前が出たことに驚いて、無意識のうちに目をまん丸にしていた。
　こんなときだからなのかもしれないけど、真保から雪ちゃんの名前を聞いたことに胸の奥が痛んで、小さな嫉妬が生まれる。
「……雪ちゃんと、なにか話したの？」
　だけど、もしふたりが会ったのならなにを話したのかを知りたくて、真保の様子を窺おうとした。
　すぐに訪れた沈黙が、余計に嫉妬を大きくする。
「ねぇ……もしかして、雪ちゃんの好きな人って……真保、なの……？」
　そのせいで、考えるよりも先に震える声でそんなことを言ってしまっていた。
「なによ、それ」
　眉をしかめた真保が、私を見る。
「全然笑えない冗談なんだけど」
　真保は心底呆れたと言わんばかりの顔をしているけど、私は至って真剣だ。
「私だって、笑えないよ……」
「渚が言ったんでしょ」
「雪ちゃんがそう言ったんだもんっ!!」
「え？」
　声を荒げた私に、真保がきょとんとする。
「ゆっ、雪ちゃんが……『他に好きな人ができた』って、言ったの……！」

止まりかけていた涙がまた頬を伝ったけど、今はもうそんなことはまったく気にならなかった。
　怪訝な顔で考えこむようにしていた真保が、程なくしてハッとしたように寄せていた眉の力を抜いた。
　そんな表情の変化を見て、なにか心当たりがあるんだって確信する。
　同時に、いつもの優しい笑顔で真保を見つめる雪ちゃんを、想像してしまった。
　嫉妬が混じったどす黒い気持ちが、私の中でグルグルと渦巻いていく。
　汚い自分を曝け出すのは嫌だったけど、それ以上になにも言わずにはいられなくて——。
「真保は……雪ちゃんに『好き』って告われたの……？」
　小さな声で、だけどやけに冷静な口調でそう尋ねた。
「バッカじゃないのっ!!」
　間髪を容れずに返ってきたのは、呆れと怒りが混じった声。
　その勢いに怯みながらも、真保の瞳を見すえる。
　真保は唇を噛んで、両手で作った拳をぎゅっと握っていた。
「あんた……何年、雪緒くんのこと好きだったわけ!?」
「え……？」
「何年付き合ってるの!?」
「えっ、なっ……？」
「渚は、雪緒くんのなにを見てきたのよっ!?」

状況を飲みこめずに戸惑う私に、次々と勢いよく怒気の強い声が飛んでくる。
　ポカンとしていると、真保が息を小さく吐いた。
「さっきは、偉そうに『知ってる』なんて言ったけど……。私は、雪緒くんから渚と別れたことしか聞いてないよ」
　ぽつりぽつりと、少しずつ言葉が落とされていく。
「だから、ちゃんとした事情とかも知らない」
　ちゃんと聞かなきゃいけない気がして、真保の瞳を真っ直ぐ見つめながら耳を傾けていた。
「でも……絶対に、なにか理由があるんだって思ってる。だって、渚と雪緒くんは……本当にお互いのことが好きでしょ？　見てるだけでわかるもん……」
　胸が詰まって、喉の奥が熱い。
　瞳からは、また涙がポロポロと零れた。
「今日だって、本当は雪緒くんに頼まれて来たの……」
　予想外の言葉に、目を大きく見開く。
　あまりにも驚いたせいで、涙がぴたりと止まった。
「昨日の夜、雪緒くんがうちに来たの……。章太郎くんから電話で渚の様子を聞いたらしくて、『章太郎より真保ちゃんの話の方が聞くかもしれないから、悪いけど様子を見にいってあげてくれないかな』って……」
　真保はなにかをこらえるように、瞼を閉じて深呼吸をした。
「『俺はもう、渚のそばにはいてあげられないから』って」
　続けて告げられたセリフに、胸の奥がズキリと痛んだ。

信じたくない現実を突きつけられるのは、あまりにも過酷だと思う。
　　痛む胸が張り裂けそうなくらいに苦しくて、もうなにも聞きたくない。
「でもね……」
　　そう思ったとき、また現実から逃げようとしていた私の耳に優しい声が響いた。
「雪緒くん、そんなこと言いながら、こんな物持ってきたんだよ」
　　差し出されたのは、コンビニのビニール袋。
　　真保の目配せに従うように受け取って、中を覗いた。
　　そこに入っていたのは、私の好きなあのプリンが２個。
　　私は、無言のまま真保に視線を戻した。
「『体調が悪くてもこれなら食べるかもしれないから、持っていってほしい。でも、俺からだってことは絶対に言わないで』、だってさ……」
　　真保は雪ちゃんの口調を真似るように言ったあと、わざとらしくため息をついた。
「あ〜ぁ、言っちゃった……。私、スパイ失格じゃん」
　　おどけたように笑った真保につられて、ほんの少しだけ口もとを緩めてしまう。
「やっと笑った」
　　すると、真保が安堵の声と苦笑を漏らした。
「渚はさ、無駄に元気なくらいがちょうどいいんだよ。渚が元気じゃないと、こっちまで調子狂っちゃうし」

「ごめんね、真保……」
「なにが？」
　私の言葉を、ケロッとした表情で跳ね返した真保。
　八つ当たりしたことへの謝罪だってことは、きっと真保はわかっている。
　その上で、あえて明るく振る舞ってくれたんだって感じた。
　真保のその優しさにも、そして私を叱責してくれた厳しさにも、感謝の気持ちでいっぱいになる。
「それ、食べたら？　どうせなにも食べてないんでしょ？」
　小さく頷いてから取り出したプリンを真保に差し出すと、彼女は苦笑しながら首を横に振った。
「それは雪緒くんが渚のために買ってくれたんだから、ふたつとも渚が食べなきゃダメでしょ」
「違うよ……」
　私も苦笑を返したあと、またプリンに視線を落とす。
「ふたつあったのは、たぶん『ふたりで一緒に食べて』ってことだよ。だって、"その方が美味しい"から……」
　私の言葉に一瞬だけ目を見開いた真保が、どこか困ったように微笑んだ。
　「雪緒くんらしいね」って言いながらプリンを受け取った真保に、涙をこらえながら頷く。
　口に含んだプリンはぬるくて、少しだけ食べにくい。
　だけど、優しい味がした。

真保は帰り際、どこか迷うような表情で私にこう言った。
「雪緒くんとのこと、私には事情はわからないけど……。でも、なにかあるんでしょ？」
「私にも、よくわからないの……」
　雪ちゃんのことを口にするだけで、また泣きだしてしまいそうになる。
「しっかりしなよ。私より渚の方がずっと、雪緒くんのこと知ってるでしょ」
「うん……」
　戸惑いながらも頷いた私に、真保がふわりと破顔した。
「じゃあ、あとは自分で考えなさい。それと、明日からはちゃんと学校に来ること！」
　もう一度こくりと頷くと、真保は笑顔で帰っていった。

見落としていた欠片

　その夜、数日振りにまともな食事を口にした。
　そうは言ってもまだ食欲がなくて、お味噌汁を半分ほど飲むだけで精一杯だったけど。
　両親は、私が少しでも食べたことに安心したみたいで、安堵の笑みを浮かべていた。
　お兄ちゃんはどこか複雑そうな表情をしながらも、私と目が合うと微笑みを向けてくれた。
　優しい家族に囲まれながら、温かい雰囲気に守られている私は本当に幸せなんだと、ふと思った。
　同時に、そんな当たり前のことを改めて実感した私は、やっぱり周りに甘えてばかりなんだとも思った。

　ベッドに入っても、なかなか寝つけなかった。
　寝不足なのに眠くならないことが不思議だけど、泣きながらベッドで過ごしていたさっきまでとは違って、今は心が落ち着いている。
　秒針が朝に向かって時を刻む音を聞きながら考えているのは、やっぱり雪ちゃんのことばかり。
　雪ちゃんの言葉を思い返すと、泣きたくなるくらい胸が痛むけど……。
　お兄ちゃんや真保に私のことを頼んだ彼の行動を思い返せば、その痛みも少しくらいは和らぐ。

結局は堂々巡りの状態だけど、思考も少しずつ冷静さを取り戻しはじめていた。
『……俺達、別れよう』
　雪ちゃんから告げられた残酷な言葉が、頭の中で何度もこだまする。
　考えれば考えるほど、思い出すのは海岸で見せられた雪ちゃんの面倒臭そうな表情ばかり。
　記憶がそんなものに占領されて、あんなにも見てきた柔らかくて優しい笑顔を思い出せなくなっていく。
　それを払拭したくて、机の横に飾ってあるコルクボードに貼った写真に視線をやって、頭の中を雪ちゃんの笑顔でいっぱいにした。
　だけど、そんな付け焼き刃のようなやり方では、またすぐに負の感情に押し潰されてしまいそうになる。
『他に好きな人ができたんだ……』
　そう言ったときの雪ちゃんの表情がまた蘇って、彼のその冷たさに胸の痛みが強くなった。
　私を責める記憶を消したくて、唇をきゅっと噛みしめながらまたコルクボードに視線をやる。
　そのとき……写真の中で微笑む雪ちゃんを見て、ふと違和感を覚えた。
　心がモヤモヤする。
　その正体を必死で考えていると、そんな私の邪魔をするかのようにまた雪ちゃんの言葉が頭の中で響いた。
『他に好きな人ができたんだ……』

同時に、あのときの雪ちゃんの態度もはっきりと思い出した。
　そっか……。
　違和感の正体に気づいた私は、ベッドから出てコルクボードの写真を剥がした。
　写真の中の雪ちゃんが、まるで私に笑いかけるように微笑んでいる。
　大好きな優しい笑顔を見つめながら、唇をきつく噛みしめた。

　雪ちゃんを好きになって、だけど叶わない想いなんだってことに傷ついて。
　一度は、彼から離れることにした。
　それでもその想いは消せなくて、結局は雪ちゃんのそばにいたいって気持ちが強くなる一方で。
　長い間温めてきた想いを、精一杯の言葉で彼に告げた。
　そして……私達は、恋人になった。
　長い間見てきた雪ちゃんのことは、もうたくさん知っているつもりだったのに、付き合うようになってから彼のことをもっとたくさん知っていった。
　新しい発見に喜んで、ときにはヤキモチを焼いて泣いたり、ワガママを言って困らせたりもした。
　記念日のたびに増えるお揃いの物に笑顔が零れて、与えてくれる優しさや愛情に幸せな気持ちでいっぱいになった。

楽しいことがいっぱいあった。
　悲しいこともいっぱいあった。
　だけど……。
　どんなことがあっても、雪ちゃんへの想いは大きくなっていった。
　雪ちゃんのことをずっと見てきたからこそ、彼のことはたくさん知っている。
　だから、雪ちゃんの癖だって、ちゃんと知っていたはずなのに……。
　自分の感情だけが先走っていた私は、その欠片を見落としてしまっていたんだ。
「バカ……」
　自分自身への戒めのために零した言葉を、まるで呪文のように繰り返す。
「バカ、バカ、バカ、バカ、バカッ……！」
　そうして何度も口にしたあと、コルクボードに写真を戻した。

　それから少しして、静まりかえった空間で覚悟を決めるように息を深く吐き、自分の中にある強い想いに背中を押されて、お兄ちゃんの部屋に向かった。
　お兄ちゃんは私の足音に気づいたのか、0時を過ぎていたのにノックをする前にドアを開けてくれた。
「どうした？」
　部屋に入れてくれたお兄ちゃんが、私に微笑みを向ける。

その表情が少しだけ傷ついているように見えて、胸の奥がチクリと痛んだ。
「あのね……」
「うん？」
　ベッドに腰かけたお兄ちゃんは、私の瞳を真っ直ぐ見つめている。
　私は意を決して、ゆっくりと口を開いた。
「お願いがあるの……」
　小さく紡いだ声が、真夜中の静かな部屋の中に溶けるように消えた。

想いの強さの先に

　オレンジ色の夕陽が、ゆっくりと海に浸かろうとしている。
　こんな小さな街の季節外れの夕暮れの海岸に、人が来ることは滅多にない。
　だから、海を見つめるように立っている人が誰なのか、なんて考える必要もなかった。
　深呼吸をしたあと、海岸に続く階段を下りはじめる。
　足を1段1段進めていくたびに、砂浜の砂が乗ったコンクリートがジャリジャリと音を立てた。
　先にいる人に気づかれないように、できるだけ足音を立てないように心がけてそっと砂を踏む。
　息を潜めてその背中に近づいていった私は、数メートル前から走りだした。
　足音に気づいたのか、すぐに振り向こうとした背中を押さえるように、後ろから勢いよく抱きついた。
「振り向かないで！」
　私がそう言ったのと、雪ちゃんが動きを止めたのは、ほとんど同時のことだった。
「……渚？」
　僅かな驚きを含んでいた声は、なんとなく私がここに来ることを知っていたような、そんな口振りにも聞こえた。
「このまま聞いて……」

小さく懇願して、雪ちゃんの体に回した手にグッと力を入れる。
　なにがあっても、逃げられないように。
　もう、はぐらかされないように。
「章太郎に諮られたか……」
　ため息混じりに呟いた雪ちゃんの背中で、首を小さく横に振る。
　昨夜、私はお兄ちゃんに『雪ちゃんを呼び出してほしい』って、お願いをした。
　もちろん、お兄ちゃんは頑なに拒否していたけど、1時間以上経ってもまったく諦めようとはしない私に、お兄ちゃんが折れてくれた。
「私が、お兄ちゃんにお願いしたの」
　それだけ言うと、雪ちゃんは事情を汲みとったみたい。
「そういうことか……」
　もう一度ため息を漏らし、どこか困ったようにぽつりと呟いた。
「渚、俺はもう──」
「わかってる！　でも、私の話を聞いてほしいの！」
　私の手を外そうとすることで拒絶を見せた雪ちゃんの声を、すかさず遮った。
　いくら突然のことだったとはいえ、やっぱり雪ちゃんを相手に先手を取ることは抱きついたくらいではできないんだって、思い知らされてしまう。
「ちゃんと聞いてほしいの……」

それでも、私はここで引きさがるわけにはいかない。

　しばらくの間、雪ちゃんは黙っていたけど……。
　仕方ないと言わんばかりにため息をついて、私の手から自分の手を退けた。
　ほんの少しだけ安心したせいか、自然と安堵のため息が漏れた。
　抱きしめ慣れているはずの体が知らない人のものみたいに思えるのは、さっきよりも海に浸かっている夕陽が寂しさを感じさせるせいなのかもしれない。
　それを払拭するように瞼を閉じたあと、腕にもう少しだけ力を込めてからおもむろに目を開けた。
「私ね……雪ちゃんのことは、雪ちゃんの家族と同じくらい知ってると思うの……」
　震えそうな声で零した言葉達が、イタズラな潮騒(しおさい)に奪われていく。
　そんな雰囲気に不安を覚えながらも、続きを話すために唇を動かす。
「雪ちゃんはね、休みの日の朝にはカフェオレを飲むの。靴(くつ)を履くときは左足からで、冬は寝るときに靴下を履くの。あと……器用なのに、蝶々結びが苦手なの」
　私の言葉が、ちゃんと雪ちゃんに届いているのかわからなくて。
　声音では必死に平静を装っているのに、心の中は不安でいっぱいだった。

それでも本題に触れるために、次の言葉を声に出す。
「それからね……嘘をつくのがへたで、嘘をつくときは絶対に左手でうなじを触っちゃうの……」
　そう告げたとき、雪ちゃんの体がピクリと動いた。
　そして、雪ちゃんは目を見開いた顔で振り返った。
「知らなかったでしょ？」
　なんとか笑顔を繕って、顔だけで振り向いている雪ちゃんを見つめる。
　雪ちゃんは瞳に動揺の色を浮かべながらも、自嘲するように眉を寄せて微かに笑った。
「確かに、知らなかったな……」
　その声がさっきよりも柔らかくて、胸の奥がきゅうっと締めつけられる。
「私はね、ずっと雪ちゃんを見てきたの。だから……雪ちゃんが知らない雪ちゃんも、きっとたくさん知ってると思うよ？」
「……そうかもしれないね」
　零された肯定的な言葉に、切なさとうれしさが混じった複雑な感情が込みあげてきた。
「雪ちゃん……」
　名前を呼べば溢れてくるのは、雪ちゃんへの強い想い。
　だけど、今はその想いを押しこめて、違うセリフを紡ぐ。
「雪ちゃん、守ってくれてありがとう」
　ゆっくりと零した瞬間、目の前の体が小さく揺れた。
「私を守るために嘘をついてくれて、ありがとう……」

震えそうになる声を絞り出すたびに、喉の奥から熱が込みあげてくる。
　　それをこらえるだけで精一杯になりそうな私は、やっぱりすごく心が弱いのかもしれないけど……。
　　私だって、雪ちゃんを守りたい。
「でもね、雪ちゃん……」
　　雪ちゃんの体を抱きしめている腕に、ぎゅっと力を込める。
「そんな嘘なんていらないよ。雪ちゃんが簡単に決めたわけじゃないこともわかってるけど、私だって雪ちゃんを守りたいの……。だから……っ！」
　　零れ落ちはじめた涙をこらえるように唇を結び、今にも漏れてしまいそうな嗚咽を必死に飲みこむ。
　　そして、呼吸を整えるために、何度も息を大きく吐いた。
「『別れる』なんて……悲しいこと、言わないでよ……」

　　いつの間にか夕陽がほとんど沈んで、辺りは暗くなってしまっていた。
　　雪ちゃんを困らせているってことは、よくわかっている。
　　だけど……雪ちゃんの意図に気づいてしまったから、もう泣いてばかりじゃいられない。
　　なにかをこらえるように眉をしかめたり、憂いを帯びた表情をするのは、きっと病気が原因で。
　　そのせいで私を悲しませるからと、あえて別れを選択《せんたく》したことも。

わざと傷つけるような別れ方をするために、へたくそな嘘をついたことも。
　全部、全部、気づいてしまったから……。
　だから……。
　今度こそ、もう引きさがったりはしないし、あんな嘘なんかに騙されてもあげない。
「雪ちゃん、好きだよ……」
　言葉にすれば、たったこれだけで表せてしまうけど。
　この想いのすべてを表現することは、どんな言葉を遣ってもできない。
　私にとって、雪ちゃんは呼吸をするのと同じくらい必要な人。
　だから、こんな形で雪ちゃんを失ってしまったら、"もう生きていけない"とまで言いきれる。
　その想いを込めて腕に力を加えると、雪ちゃんがため息をついた。
「バカだね、渚……」
　どこか苦しげに零された声が、潮騒に混じる。
「あのまま素直に別れて、俺を憎んで嫌ってくれたら良かったのに……」
　胸の奥が苦しいのは、別れを告げられてしまった私よりも、別れを告げた雪ちゃんの方がずっと傷ついている気がしたから。
「そんなこと……できないよっ……！」
　涙をこらえながら告げると、雪ちゃんが小さく頷いた。

「うん……」
　一緒に落とされた同意とも取れる言葉に、目を見開く。
　私の気持ちが伝わったんだと、安易な解釈(かいしゃく)をして。
　頭が状況を理解するよりも早く、安堵のため息が漏れた。
　だけど——。
「でも、俺は……」
　次に雪ちゃんが口にしたのは、拒絶をほのめかす言葉だった。
　今の雪ちゃんから聞けるのは、きっと私を拒絶するような言葉だけ。
　そう思った私は、一瞬の沈黙の隙(すき)に口を挟んだ。
「じゃあ、私は……私のやり方で、雪ちゃんのそばにいるから……」
　私がなにを言ったって、もう受け入れてもらえないのなら……。
　いっそのこと、恋人じゃなくてもいい。
　本当はすごく嫌だけど、雪ちゃんのそばにいられないのはもっと嫌だから。
　彼の近くにいられる方法が与えられるのなら、私はそれを受け入れる。
　……だって、"なにもない"よりは、ずっとずっといいから……。
　この想いの強さは、きっと誰にも計り知れない。
　それを心に抱いている、自分自身でさえも。
　そして……。

想いの強さの先にあるのも、やっぱり雪ちゃんへの想いだけだから。
「私……雪ちゃんがダメって言っても、絶対に離れないから」
はっきりと告げると、雪ちゃんは私の手を強引に退けた。
「雪ちゃ――」
「バカだなっ……！」
咄嗟に雪ちゃんの体を捕まえようとした私よりも早く、彼が声を振り絞るように言いながら私の体を捕らえた。
ふわり、風が舞う。
「俺だって、別れたくないに決まってるだろ！　でも、渚が泣くのは嫌だから……渚までつらい思いをする必要はないって思ったから……。だから、どれだけ傷つけてでも別れようと思ったのに……っ！」
私を抱きしめている雪ちゃんの声が、まるで泣いているみたいに震えていて……。
いつもの彼らしくない口調が、心に抱えている痛みの強さを物語る。
うまく言葉にできない感情と、私の心では抱えきれないほどの苦しみが伝わってきて、さらに溢れ出した涙が頬を伝い落ちた。
「バカ……」
「だって、私だって……っ、雪ちゃんを守りたいよ……」
顔を上げると、夕陽が沈んだ薄暗い海岸に雪ちゃんの苦しげな表情が浮かんでいた。

「だから……一緒にいようよ……」

雪ちゃんはしばらく悩ましげに眉を寄せていたけど、程なくして意を決したように息を吐いた。
「ひとつだけ、約束して」
いつもよりも低い声で落とされた、セリフ。
"約束"の内容がわからないことに不安を抱きながらも、迷うことなく頷く。
短い沈黙のあと、私の瞳を真っ直ぐ見つめた雪ちゃんが続きを紡いだ。
「"なにがあっても泣かない"って」
海から吹く風の音と潮騒の中で、雪ちゃんの声が響いた。
"なにがあっても泣かない"
その"なに"はきっと、"言葉にできないほどの良くないこと"を指していて……。
甘えてばかりの私がちゃんと受け止めることができるのか、なんて考えることすら愚問だと思う。
それでも"NO"と答えてしまえば、行き着く先はひとつだけ……。
だから、たくさんの不安を抱えたまま頬を伝う涙を拭いて、瞳に浮かぶ雫も少しだけ乱暴に拭った。
あとはもう、頷くだけだった。
淡い月が浮かぶ海は、不安を煽るような深い藍色。
雪ちゃんは、いつまでも苦しげな表情を浮かべていた。

Scene 5
雪が溶けない術

彼の内に潜む悪魔

　雪ちゃんと海岸で会ったあの日から2週間以上が過ぎた、10月中旬。
　この街の風景も、すっかり秋色に変わっていた。
　木々やもみじは紅く色づいて、夏にはあんなにも賑やかだった海岸にはすっかり人の気配がない。
　制服だって、少し前の衣更えの時期に冬物に変わったばかりだったのに、昼間でも寒さを感じるようになった最近ではセーターやカーディガンが必要になりつつあった。
　そして……。
　そんな季節の移り変わりが目に見えるのと同じように、私と雪ちゃんの関係も以前までとは変わってしまっていた。

　学校が終わってから海岸に行くと、いつものように雪ちゃんがいた。
　泣きそうになるのをこらえて、必死に笑顔を繕う。
「雪ちゃん！」
　海岸に続く階段を下りてから呼ぶと、雪ちゃんが振り返った。
　優しい笑顔の中に、ほんの少しの戸惑いが滲んでいる。
　私が必死に笑っていることを、雪ちゃんはきっと気づいているんだろう。

こんな顔をさせているのは、他の誰でもない私。
「おかえり」
　それでも、雪ちゃんはいつも優しい笑みを浮かべて、そう言ってくれる。

　私の学校が終わる時間に合わせて、海岸で待ち合わせをする。
　それが、今の私達の平日の過ごし方。
　以前までなら、雪ちゃんの大学やバイトに合わせて会っていたから、平日に毎日会うなんてできなかったけど、今の彼にはまったくと言ってもいいくらい予定がないから。
　雪ちゃんは、後期の授業が始まる9月頃には大学を退学するつもりで、8月の下旬には退学届を提出していた。
　つまり……私に別れを告げた時点で、雪ちゃんは大学を退学していたんだ。
　そして、同時期にバイトも辞めていた——。

＊＊＊

　雪ちゃんの病気が発覚したのは、8月の中旬頃。
　私の誕生日から、2週間が経ったときのことだった。
　長期間の頭痛や目眩、そして目のかすみ。
　少し前からそれらの違和感に悩まされていた雪ちゃんは、思い切ってこの街で一番大きな病院で受診した。
　だけど、この街にある病院では、たいした検査はできな

くて……。

　結局、大学の近くにある県内でも有名な病院に行くように言われ、その日のうちにそこへ行った。

　そこでの診察のあとに待ちうけていたのは、様々な検査。

　雪ちゃんは、その状況に不安を覚えた。

　その上、当日中に検査の結果の一部が出たにもかかわらず、雪ちゃんはその内容を教えてはもらえなかった。

『１日でも早く、ご両親と一緒に来てください』

　その代わりにそう告げた医師に、雪ちゃんはただ頷くことしかできなかったけど……。

　検査の結果がいかに深刻な内容だったのかということを理解するには、充分なほどに緊迫した空気だった。

　そして、そんな雰囲気なのに結果を教えてもらえないことと、明らかに普通じゃない医師の口振り。

　雪ちゃんはきっと、計り知れないほどの不安を抱えていたに違いない。

　この話を聞いたとき、胸が痛くてたまらなかった。

　その日、雪ちゃんは夜遅くに帰宅した。

　雪ちゃんと連絡がとれないことで心配していた両親は、彼が病院に行くことを知っていたこともあって、夜中の２時だというのに起きていた。

　当の雪ちゃんは、病院でのことを両親に話すことをすごくためらったみたい。

　そんな気持ちと大きな不安を持てあまし、真っ暗な海岸

にずっとひとりでいた。
　だけど……。
　もしかしたら、今はそんなことに費やす時間さえも惜しまなければいけないのかもしれない。
　そんな考えから意を決した雪ちゃんは、心配して彼を問いつめる両親にすべてを伝えた。

　一晩中眠れなかった雪ちゃんは、翌日おばさんと一緒に病院に行った。
　案内されたのは診察室ではなく、厳かな雰囲気の部屋。
　ドラマなんかで観たことがあるその室内のボードには、たくさんのレントゲン写真が貼られていた。
　そこにいたのは、ふたりの医師と看護師。
　緊迫する雰囲気の中、雪ちゃんの検査の結果について事細かく説明をされた。
　彼はその様子をなぜか冷静に見ていた反面、医師達の声がやけに遠くから聞こえていて……。
　状況を把握するまでに、しばらく時間が必要だった。

　雪ちゃんの脳には、悪性の腫瘍があった。
　頭痛や目眩、目のかすみなどのすべての症状の原因となっていたそれは、精密検査を受けた時点で既に取り除けないほどの大きさになっていて……。
　苦しむ雪ちゃんを嘲笑うかのように、彼の脳の中でその存在を根づかせていた。

医師の見解では、『最初に頭痛を感じた時点でそれなりの大きさだったに違いない』とのことだった。
　そして……。
　悲痛な表情をした医師によって、まだ若い雪ちゃんの内側でその悪魔が著しく成長をするのは、『医学的には珍しくない』とも付け加えられた。

　＊＊＊

　正直、私はこの話を聞いても、やっぱりどうしても信じられなかった。
　雪ちゃんが病気だなんて思えなかったし、なによりも信じたくなかったから。
　だけど……。
　海岸で雪ちゃんと話した日にこのことを告げられてからの２週間は、彼の中にいる悪魔の存在が現実なんだってことを受け入れるには、充分すぎるほどの時間だった。
　痛みの度合いこそ日によって違うとは言え、雪ちゃんは常に頭痛を抱えていて……。
　私と一緒に過ごしている間だけでも何度も吐き気に襲われ、今日までに数えきれないほどトイレに駆けこんでいる。
　そばにいると、雪ちゃんが頭痛や吐き気に頻繁に襲われていることも、彼の目がかすむようになったこともよくわかる。
　雪ちゃんと一緒に過ごした、幸せいっぱいだった夏休み。

Scene 5　雪が溶けない術　》》133

　会えなくて寂しくてたまらなかった、1ヶ月近い日々。
　そして、雪ちゃんに別れを告げられてから海岸で話すまでの、つらかった数日間。
　私の頭と心が雪ちゃんのことでいっぱいだったそのすべての時間は、彼にとっては不安に包まれながら過ごした苦痛の日々で……。
　それは今も過去形になることはなく、雪ちゃんは彼の中にいる悪魔によって苦しめられたままなんだ。

　どうすればいいのかな……。
　雪ちゃんのそばにいられることはうれしいのに、どうしても喜べない。
　うまく笑うことはおろか、私がしてあげられることはなにひとつない。
　私は、雪ちゃんに寄り添うどころか、ただ一緒にいるだけで精一杯だった。
　今の医学でも治せないほど、手遅れになってしまった病。
　そんなものを抱えている雪ちゃんの不安や痛みは、どうしたって計り知れない。
　だからこそ、ほんの少しでも彼の支えになりたいのに。
　2週間前に偉そうなことを言ったはずの私は、未だになにもできていないんだ……。

　雪ちゃんは、病院という空間に閉じこめられて過ごすことよりも、"いつもと変わらない日々を過ごすこと"を選

んだ。
緩和ケアのための投薬治療を受けながら家で過ごす、と。
雪ちゃんの両親も、お兄ちゃんも、私の両親も、そして私自身も。
未だに、現実を受け入れることができていない。
それなのに……。
当事者の雪ちゃんは、早々に大学とバイトを辞め、これからのこともほとんどひとりで決めてしまった。
その一部始終をおばさんから聞いたとき、心が痛くてたまらなかった。
だけど、それだけ"時間がない"ってことなんだ……。

いつまで歩けるのか。
いつまで話せるのか。
いつまで生きていられるのか。
嫌でも考えてしまう疑問が、私を深く暗い闇の中で責める。
そして、言葉にできないほどの不安を抱えた私は、簡単に泣きそうになってしまうんだ……。
だけど……。
雪ちゃんと"泣かない"と約束したから、せめて彼の前だけでは泣くわけにはいかない。
涙をこらえながら過ごす雪ちゃんとの時間は、いつだって苦しみに覆われている。
今まではあんなにも幸せだった時間を、今は素直に幸せ

だと思えなくなってしまっていた。
　雪ちゃんはきっと、私がそんな気持ちを抱えていることを知っている。
　それでも、優しい雪ちゃんのことだから、自分を責めているに違いないんだ。
　そのことに対して、私は罪悪感を抱いている。
　だから、私達はずっとぎこちない。
　"ぎこちない"と言うよりも、お互いの心の距離が遠い。
　手を繋ぐことはあっても、キスをすることも体を重ねることもない。
　今までのように自分からキスをすることも、雪ちゃんにねだることもできなくなってしまっていた。
　……きっともう、そんなことで悩んでいる時間すらないのに……。

　おばさんの運転で病院に通っている雪ちゃんは、1週間前まではその帰りに海岸で降ろしてもらい、病院に行かない日は家から海岸まで送ってもらっていた。
　そこで学校帰りの私と落ちあって、ふたりで雪ちゃんの家に歩いて帰っていた。
　だけど、雪ちゃんは今週に入ってから僅か5分ほどの距離も歩けなくなってしまって、今はおばさんの運転する車で彼の家に帰るようになった。
　雪ちゃんの中に存在する悪魔が彼の体を確実に蝕んでいることが、こんな短期間ではっきりと目に見えるように

なって……。
　どんなに嫌でも、雪ちゃんに課せられたタイムリミットを意識せざるを得なくなっている。
「……雪ちゃん、大丈夫？」
　車の中で尋ねた私に、雪ちゃんは小さく笑って頷いた。
　眉をしかめている姿を見れば、愚問だってことはわかっているのに……。
　私はいつだって、ありきたりな言葉を吐くことしかできない。
　雪ちゃんは、こんなときでも私やおばさんに心配をかけないようにずっと笑みを浮かべている。
　だけど、私はそんな彼に笑顔を返すことができない。
　どうすればいいのかな……。
　考えれば考えるほど、深みにはまっていく。
　そして結局は、今日も雪ちゃんの手を握り続けることしかできなかった。

できることとできないこと

　その日の夜、家に帰ると誰もいなかった。
　お風呂に入ったあと、ひとりぼっちのリビングの静けさが嫌でテレビを点けた。
　その瞬間、大きな画面いっぱいに雪に覆われた景色が映って――。
『俺は……雪と同じように消えてしまうから……』
　意図せず、雪ちゃんの言葉を思い出した。
　テレビに映るのは、どこか知らない国。
　降りつもった分厚い雪は、きっと1年中溶けることはないんだろう。
「雪って……どうすれば溶けないのかな……」
　そんなことをぽつりと呟けば、心の中に募った不安と心細さに涙が込みあげてきた。
　私にできることは、雪ちゃんと一緒にいることだけ。
　だけど……。
　そんなことは、きっと"できること"の中には入らないに等しい。
　そう考えれば、できることはなにひとつないんだってことになって、できないことばかりが容赦なく積みかさなっていく。
「ごめんね、雪ちゃん……」
　涙混じりの声で呟く私を余所に、テレビからは明るい音

声が響いている。
　綺麗な景色を映す画面の向こうは、私にとってすごく非日常的だった。
　そんな銀世界を見ながら、雪ちゃんもこの雪のように溶けなければいいのに、って強く願わずにはいられなかった。

「ただいま」
　テレビをぼんやりと観ていると、お兄ちゃんがリビングに入ってきた。
「……って、渚だけか。そういえば、母さんは町内会の寄り合いに行くって言ってたな」
　独り言のように話すお兄ちゃんに気づかれないように、瞳に溜まった涙をサッと拭う。
　だけど——。
「また泣いてるのか……」
　その姿をしっかりと見られてしまって、お兄ちゃんが眉を小さく寄せた。
「……ったく。今日はどうした？」
　困ったように微笑んだお兄ちゃんは、テレビの前で座りこんでいる私の隣に腰を下ろした。
　オイルの匂いが、鼻先をかすめる。
　幼い頃から慣れしたしんだ、独特の匂い。
　苦手だと思う人は多いのかもしれないけど、私は嫌いじゃない。
「雪緒になにか言われたか？」

黙ったままの私に、お兄ちゃんが優しく微笑む。
「それとも……不安なことがありすぎて、どうすればいいのかわからないのか？」
　続けて零された問いに、また涙が零れ落ちる。
「ねぇ、お兄ちゃん……」
「ん？」
「雪が溶けない方法って……あるのかな……」
　私は質問には答えずに、小さく小さく呟いた。
　テレビの画面が切り替わり、タレント達の顔が次々と映されていく。
　その賑やかな雰囲気にやるせなさが増幅して、苛立ちを感じながらテレビを消した。
「雪が溶けない方法？　そんなもん知って、どうするんだよ？」
　そんな私を見ていたお兄ちゃんは、不思議そうに首をかしげる。
「この間、雪ちゃんが言ってたの……。『俺は雪と同じように消えてしまうから』って……」
「なんだ、それ」
　眉をグッとしかめたお兄ちゃんが、ため息混じりに言った。
　その声がやけに冷たく聞こえて、思わず口を開いていた。
「だって……っ！　わからないんだもんっ……！」
　滲んだ視界の中のお兄ちゃんが、私の瞳を真っ直ぐ見つめている。

「雪ちゃんの病気のこと……いっぱい調べたのにっ……！ なにもわからないんだもんっ……！」
 この２週間、図書館で借りた本やネットで、雪ちゃんから聞いた病気のことを寝る間を惜しんで調べた。
 だけど──。
「どれだけたくさん調べてみたって……難しいことばっかりで……っ！ 私……なにもわからなかっ、た……」
 病気のことを詳しく知ることはおろか、難しい言葉の羅列のほとんどを理解できなかった。

 これだけ医学が発達しているんだから、雪ちゃんの病気が治る方法くらいあるんじゃないかって思っていた。
 それなのに……。
 そんな期待は簡単に打ちくだかれた上に、雪ちゃんの症状は日に日に悪化していくばかり。
『もっと早く発見できていたら……』
 ドラマなんかでよく聞くありきたりなセリフを、こんなにも痛感することになるなんて考えたこともなかった。
 それでも、私にできることがなにかあるかもしれない。
 そう思って、必死に光を探しているのに……。
 探せば探すほど希望に繋がっていたかもしれない糸が消えていって、自分の無力さを思い知るだけなんだ。
「私にできること……なにもないの……」
 その言葉を噛みしめるように言えば、また涙が零れ落ちる。

"なにがあっても泣かない"
　雪ちゃんとあの日に交わした約束を、私はちっとも守れていなくて。
　雪ちゃんのことを守りたいのに、なにもできなくて。
　無力でちっぽけな自分自身に、ただ歯痒さを感じているだけ……。
　できないことばかりに目の前を覆われて、いつも不安と恐怖に包まれている。
　そして——。
"雪ちゃん、死なないで……"
　一番強いその思いを声に出せないまま、ただ怯えている。

「雪は……いつか溶けるよ」
　無意識のうちに俯いていた私に、静かに告げられた言葉。
　現実を思い知るには充分すぎるその意味に、唇を噛みしめる。
「でも……」
　だけど、そんな私を癒すように、お兄ちゃんの優しい声が降ってきた。
「お前にも、きっとできることはある」
　縋るように顔を上げると、向けられていたのは優しい笑顔。
　その瞳が一瞬だけ雪ちゃんと重なって、胸の奥が締めつけられた。
「だから、そんな顔するな」

お兄ちゃんは、私の頭をポンポンと撫でた。
「今日、雪緒が病院の帰りに工場に来たんだ」
「え……？」
　急に話題が変わったことに小首をかしげながらも、お兄ちゃんが続きを話してくれるのを待つ。
「あいつさ、俺の顔を見るなり苦笑しながら『お前だけだよ、いつもと変わらずに接してくれるのは』って言ったんだよ。これ、どういう意味だかわかるか？」
　なんとなくわかる気もするけど、それを明確な言葉にすることができない。
　戸惑いを見せた私に、お兄ちゃんは苦笑しながらため息をついた。
「雪緒が病気だってことを知ってる奴はみんな、雪緒のことを腫れ物扱いするんだとよ……」
　お兄ちゃんの話に、ただ耳を傾ける。
「雪緒は自分の病気を受け入れて、"今までどおりの日常"を望んでる。でも、おばさんもおじさんも、雪緒の病気が発覚してから腫れ物扱いするんだとよ。もちろん、心配してくれてるってことは雪緒だってよくわかってるけど、それでもあいつは"いつもどおりの毎日"を望んでるんだ」
　お兄ちゃんの言っていることが、わからないわけじゃない。
　だけど……。
　私は、どうしてもおじさんとおばさんのように雪ちゃんのことが心配でたまらない。

だからきっと、私には雪ちゃんの望むものを与えてあげることはできないんだ……。
　お兄ちゃんの話を聞いて、自分が無力なんだってことをますます思い知った。
　そんな私に、お兄ちゃんが眉を寄せて笑う。
「"腫れ物扱い"なんて言い方は悪いかもしれないけど、雪緒のことを大切に思ってるなら当たり前のことなんだ。俺だって本当は、未だにどんな顔して雪緒に会えばいいのかわからない……」
　ぶっきらぼうに見えるお兄ちゃんだって、"親友"の雪ちゃんが病気だって知ってから、本当はずっと悩んでいたはずなのに。
「お兄ちゃん……」
　自分のことで精一杯だった私は、そんなことにすら気づけないでいた。
「でもな……雪緒が"今までどおり"を望むなら、俺は今までどおりあいつとは"腐れ縁"の関係でいようと思う。俺には、それくらいのことしかしてやれないから……」
　それはもしかしたら、お兄ちゃんが葛藤の中でみつけた"できること"だったのかもしれない。
「だから、渚も"今までどおり"あいつのそばで笑ってやってたらいいんだよ」
「でも……それが一番難しいよ……」
「そうかもしれないな……。でもさ、雪緒にとって、渚はなによりも大きな支えなんだよ」

「え……?」
　目を見開いた私に、お兄ちゃんがイタズラっぽく破顔した。
「確か、1週間前だったかな。あいつ、電話で『別れられないのは俺の方だったよ』って言ってたぞ」
　お兄ちゃんは、そのときのことを思い出すように天井を仰いだ。
「『俺の病気のせいで渚が泣くくらいなら、一生恨まれるような嘘をついてでも別れた方がいいと思ってたのに、いざ渚に本気でぶつかってこられたら結局は手放すことができなかった』……とか言ってたっけな」
　雪ちゃんがそんなふうに思っていたことに驚いたけど、それ以上に彼の言葉をうれしいと感じてしまった。
　それでも、戸惑いのせいで目を見開いたままでいると、お兄ちゃんが困惑気味の笑みを零した。
「ついでに、『渚がうまく笑えなくなってる姿を見ても、手放す気になれないんだ。自分がこんなにひどい奴だとは思わなかった』なんて言いやがったから、『安心しろ。お前が爽やかな顔して腹黒いことは、俺が一番よく知ってるから』って言っといてやったぞ」
　わざとらしく得意気に笑ったお兄ちゃんに、私はなんとか笑顔を繕う。
　たぶんうまく笑えていなかったけど、それでもお兄ちゃんは笑みを返してくれた。
「まぁ、つまりだな……」

そこで不自然に落とされた咳払いに、少しだけ肩の力が抜ける。
「お前は、そのままでいいんだよ」
　きっと"そのままでいい"なんて慰めの言葉で、簡単にそれに甘えてもいいわけじゃない。
　だけど……。
　その言葉にほんの少しだけ縋りつきたくなった気持ちに素直になって、今この瞬間だけは甘えておこうって思った。
「だからな、渚」
　私を真っ直ぐ見つめたお兄ちゃんが、瞳を緩めて優しく笑う。
「今はまだ無理やりでもいいから、とりあえず笑ってやれ。それで、"今までどおり"雪緒のそばにいてやれ。あいつは、それを一番に願ってる」
　頷くことは簡単だけど、それを態度で示すのは難しい。
　それでも……雪ちゃんのそばにいることを選んだのは、他の誰でもなく自分自身で。
　無力な私だけど、雪ちゃんのためにできることがあるのならなんだってしたいと思う気持ちも、決して嘘じゃない。
　だから……。
　それが"雪ちゃんのそばで笑うこと"なら、私は笑う。
　たとえうまく笑えなくても、雪ちゃんがそれを望むのなら。
　どんなにへたくそな笑みでも、雪ちゃんの笑顔に繋がる可能性があるのなら。

私は"約束"を守るし、雪ちゃんの前だけではずっと笑い続けてみせる。
　今の私に"できること"は、たぶんそれくらいしかないから……。

「お兄ちゃん……」
「ん？」
　訪れた沈黙を破り、いろいろな決意を込めてお兄ちゃんの瞳を真っ直ぐ見つめる。
「私、笑うよ……。雪ちゃんが私の笑顔を見て笑ってくれるなら、私はずっと笑っていたいから……」
「あぁ」
　溢れそうになる涙をこらえて宣言すると、お兄ちゃんが私を真っ直ぐ見つめ返しながら悲しげに微笑んだ。
「……人間にはさ、どうしてもできないことがある。でもその代わり、できることだって必ずある。だから渚は、渚のできることを雪緒にしてやればいいんだ」
　静かに響いた声音に、私は小さく頷いた。
「渚、間違えるなよ」
「え……？」
「お前は、なにもできないわけじゃない」
「うん……」
「お前はただ、お前にできることを見失ってただけなんだ。だから……」
　お兄ちゃんは、私の瞳を真っ直ぐ見つめたまま続けた。

「できることとできないことを、ちゃんと見極めろ。できないことに惑わされて、できることまで見失うな」

　力強い言葉に大きく頷くと、お兄ちゃんが息を小さく吐いた。
「それからな……」
　真剣だった顔が困ったように笑ったかと思うと、その手が私の頭を掴んで乱暴にグシャッと撫でた。
「もう、泣いてばかりじゃダメだ」
　お兄ちゃんがつらそうな顔をしているのは、きっと甘えてばかりの私の心の弱さをよく知っているから。
　いつも私を助けてくれているお兄ちゃんにとって、私に厳しさを見せることはつらいことなのかもしれない。
　だけど——。
「雪緒のそばにいるって決めたなら、ちゃんと強くなれ」
　それでも迷いのない瞳で告げられた言葉には、私のことをどれだけ大切にしてくれているのかがわかるほど、柔らかな優しさで満ちあふれていた。
　だからこそ、私はそれに応えなきゃいけない。
「そうだね……」
　そう呟いた声が微かに震えていたことに気づいて、ゆっくりと深呼吸をする。
「強くならなきゃダメだよね」
　今度はちゃんと言えたことに少しだけ胸を撫でおろして、ほとんど無意識のうちに安堵のため息が漏れた。
　すると、そんな私を見ていたお兄ちゃんが、頭をガシガ

シと掻いた。
「……でも、今日だけは泣いてもいいぞ」
　やっぱり、お兄ちゃんは私には甘いみたい。
　どこか気まずそうに落とされた声に、思わずフッと笑ってしまったけど、同時に込みあげた目頭の熱と鼻の奥の鋭い痛みはなんとかこらえた。
　本当はすごく苦しくて、いつもみたいに泣いてしまいたかったけど。
　こんなことにすら耐えられなかったらまた甘えてしまいそうだったから、感じた熱も痛みも胸の奥にグッと押しこめる。
　それから深呼吸をして、口角を上げた。
「泣かないよ」
　そんな私に笑みを向けたお兄ちゃんの顔は、思い切り眉間にシワが寄っている。
　その表情を見ながら、たぶん私も同じような顔をしているんだって思った。
　だけど……。
　今はまだへたくそな笑顔でも、明日からはちゃんと笑える。
　なんだか、そんな気がしていた。

自分にできること

　翌日は土曜日で学校が休みだったから、朝からおじさん達と一緒に雪ちゃんの病院に付き添った。
　それから、4人で少し遅めの昼食を済ませた。
「渚ちゃん」
　昼食の片づけを手伝っていると、不意におじさんに呼ばれたから、私はお皿を拭きながら振り返った。
「なぁに？」
「悪いけど、ちょっと留守番を頼んでも構わないかな？」
「え？」
　きょとんとする私に、おじさんは優しく破顔する。
「おじさん達、ちょっと用事があって出掛けてくるから、雪緒のことを頼みたいんだ」
　おじさんは、庭で日向ぼっこをしている雪ちゃんに視線をやったあと、また私に笑みを向けた。
「今日は調子も良さそうだし、雪緒だってたまには渚ちゃんとふたりでゆっくりしたいだろうからね」
　優しい笑顔の中に心配そうな表情が少しだけ混じっていたけど、これはおじさん達の好意なんだってことにようやく気づく。
「うん、わかった。留守番は任せて」
「ありがとう」
「なにかあったら、すぐに連絡してね」

笑顔の私に、おじさんとおばさんが口々に言った。
　私はふたりの不安を少しでも和らげるように大きく頷いてから、陽だまりの中にいる雪ちゃんの背中を見つめた。

　30分もしないうちにふたりは出掛けていき、雪ちゃんと彼の部屋に行った。
「父さんと母さん、なにか言ってた？」
「え？」
「最近、ふたりで出掛けることなんてなかったから珍しいな、と思ってさ」
　小首をかしげた私に、雪ちゃんは複雑そうな笑みを浮かべながら付け足した。
　彼の病気が発覚してから、きっとふたりが一緒に出掛けることはなかったんだと思う。
　雪ちゃんはひとりっ子だし、病気の彼をひとりで家に置いて出掛けるのは心配に決まっているから。
　そんなふたりの気持ちを察すると、胸の奥が少しだけ痛んだ。
「別になにも言ってなかったよ？　『夕方には帰る』って言ってたのと、雪ちゃんのことを頼まれたくらいかな」
　平静を心がけて笑顔を見せた私に、雪ちゃんが苦笑した。
「渚に頼まれると、なんか余計な心配が必要になる気がするんだけど……」
「ひっどーい！　私だって、留守番くらいできるもん！」
「ついこの間まで、『留守番中に狼が来る』って泣いてたの、

誰だっけ？」
「それは、お兄ちゃんがそう言ったからっ……！　だいたい、そんなの小学生のときの話だもん！」
　頬を膨らませて反論すると、雪ちゃんが楽しげにクスクスと笑った。
　無理やり作られたわけじゃない柔らかい表情に、胸の奥がキュンとする。
　雪ちゃんのこの笑顔がすごく好きなのに、彼のこんな顔を見るのはなんだか久しぶりな気がした。
　私は無意識のうちに、ベッドに腰かけた雪ちゃんに両腕を伸ばしていた。
「雪ちゃん、ぎゅってして」
　ごく自然に出た、甘える言葉。
　少し前までは口癖だったそれを口にしたのは、随分と久しぶりだった。
　そんな私に、雪ちゃんは一瞬だけきょとんとしたあと、ふわりと破顔した。
　そして、彼はさらに柔らかい微笑みで両腕を広げた。
「おいで」
　うれしくて、うれしくて。
　だけど、それ以上の切なさが込みあげてきて。
　いろいろな感情が、胸の中で複雑に混ざりあう。
　それを隠すように笑って雪ちゃんの腕の中に飛びこめば、彼は私を軽々と受け止めて抱きしめてくれた。
　大好きな温もりと優しい香りが、全身を包む。

久しぶりに身近に感じることができたそれらは、私を幸せにし、そしてますます切なくもさせた。
　そんな私を余所に、雪ちゃんが笑ったのがなんとなく雰囲気でわかった。
　そっと顔を上げると、彼が瞳を優しげに細めていた。
「渚が俺に甘えるの、久しぶりだね」
　そう言って笑った雪ちゃんがあまりにも幸せそうだったから、私も彼につられるように微笑んでいた。
　胸の中を掻きみだす切なさを押しこめ、もう一度雪ちゃんにぎゅっと抱きつく。
「雪ちゃんの『おいで』も、久しぶりに聞いたよ」
「あれ？　そうだっけ？」
　とぼけたような口振りの雪ちゃんに、私はまた自然と笑みを零してしまう。
　くすぐったくて優しさが溢れた、穏やかな時間。
　少し前までは当たり前だったそれは、言葉にできないくらいに幸せで、どこか懐かしい匂いがした。
　私が笑うと、雪ちゃんも私に笑顔を向けてくれる。
　そんな彼を見つめながら、昨日のお兄ちゃんの言葉を思い出した。
　そっか……。
　私にも、ちゃんと"できること"があったんだ……。
　だったら、私はやっぱりどんなにへたくそな笑顔しか見せられなかったとしても、雪ちゃんのそばでは笑っていたい。

「なんだか、ホッとする」
「そうだね」
　ぽつりと呟いた私に、雪ちゃんは優しく頷いてくれた。
　そんな彼を見ながら高鳴った胸にひとつの決意を立て、ゆっくりと深呼吸をしてから口を開く。
「ねぇ、雪ちゃん」
「ん？」
「今日は調子がいいよね？」
「うん」
「食欲もあるし、気分も全然悪くなってないみたいだし」
「そうだね、ここ最近で一番調子がいいよ。今なら全力疾走とかできそうな気がするしね。渚のおかげかな」
「うん、わかった」
「え？　なにが？」
　冗談めかして笑っていた雪ちゃんが、大きく頷いた私を見ながら不思議そうに首をかしげた。
　私は質問には答えずに立ち上がって、ベッドに腰かけたままの雪ちゃんの両肩を押す。
　それから、ゆっくりとその体を押し倒した。
　ベッドを背にした雪ちゃんの上に跨って、彼の顔を覗きこむように見おろす。
　そんな私に、雪ちゃんはきょとんとしていた。
「え、なに？　渚、どうし──」
「私、今から雪ちゃんを襲います！」
　雪ちゃんの瞳を真っ直ぐ見つめながら、彼の言葉を遮っ

て口にした宣言。
「へ……？」
　それにますますきょとんとした表情を浮かべた雪ちゃんは、さっきまで穏やかに細めていた瞳を大きく見開いた。
「え、いや、ちょっ……！」
　明らかに動揺を見せる雪ちゃんに構わず、目の前のシャツのボタンを緊張で震えそうになっている指先でひとつずつ外していく。
「いや、渚……」
　雪ちゃんは戸惑いをあらわにしながら、私の手を掴んだ。
「止めてもダメだからね！　私、雪ちゃんのことを襲うって決めたんだもん！」
　そんな彼を睨むようにして言えば、その直後に返ってきたのは笑い声。
「クッ……！　ハハッ!!」
　突然笑いだした雪ちゃんに、私の方が戸惑ってしまう。
「なっ、なんで笑うの～！」
　なにがおかしいのかわからない私に反し、その笑い声はますます大きくなって——。
「だから、どうして笑うのよ～！」
　なんだか、いたたまれなくなってしまった。
　ひとしきり笑ったあと、雪ちゃんはやっと落ち着きを取り戻したけど。
　その顔をよく見れば、笑いをこらえているときの表情だった。

「……どうして笑うの？　私は真剣なのに」
　頬を膨らませて不満をぶつけた私に、雪ちゃんがまた噴き出しそうになったみたい。
「いや、だって……」
　だけど、彼はなんとかそれをこらえ、質問の答えを口にしはじめた。
「普通、『今から襲います』なんて宣言しないよ。しかも、自分から宣言しといて、顔が真っ赤だし……」
「嘘っ!?」
　慌てて両手で顔を隠すと、雪ちゃんがまた噴き出した。
「ダメだ、おかしすぎる……」
　再び笑いはじめた雪ちゃんは、私の行動がすごくツボにはまってしまったみたい。
「もっ、もうっ!!　そんなに笑わないでよ！」
　頬に熱を感じながら訴える私を見て、雪ちゃんがさらに肩を震わせて笑った。
　恥ずかしさと、くすぐったさと、愛おしさ。
　込みあげてくる複雑な気持ちを抱えながら、せめてもの抵抗を口にする。
「雪ちゃんのバカ……」
　だけど……雪ちゃんはやっぱり楽しそうにしていて、私も彼につられて笑い声を零してしまっていた。

「……じゃあさ」
　しばらく笑っていた雪ちゃんは、不意にわざとらしく咳

払いをしてから切りだした。
「せっかくだから、襲われてみようかな」
　イタズラっぽい笑みの中に孕まれた、真っ直ぐで真剣な瞳。
「へっ!?」
　漆黒の双眸に捉えられた私は、思わず固まってしまう。
　さっきは"決意"を実行することに必死だったから、他のことを考える余裕なんてなかったけど。
「え～っと……」
　笑われてしまった上に改めてそんなことを口に出されたのが恥ずかしくて、どうすればいいのかわからなくなった。
　動揺して視線を泳がせる私を余所に、雪ちゃんは余裕の笑みを見せてくる。
「そういえば、渚からシてもらったことってなかったな～。ほら、俺って攻める方が好きだからさ。でも、たまにはこういうのもいいよね」
　向けられた笑顔は、あまりにも凄絶な威力を持っていて。
「うっ……！」
　たった一瞬で、私の心を大きく掻きみだした。
「や、あっ、あのっ……！　よっ、よく考えたら……やっぱり無理って言うか……なんて言うか……」
　無理だということをしどろもどろ口にする私を、雪ちゃんはクスクスと笑いながら見あげている。
　ずるい、と思う。

そんな笑顔を見せる雪ちゃんは、病気だなんて思えないくらい"今までどおり"で。
　私の心を掻きみだすだけじゃなく、捕らえて離さない。
　だけど、この先に待ちうける現実はきっととてつもなく残酷で、そこには光すらないのかもしれない。
　そんなことを考えると、途端に目頭が熱くなって……。
　私はそれを隠すように体を倒し、雪ちゃんの唇を奪った。
　久しぶりに交わしたキスは、雪ちゃんの体温を近くに感じさせてくれたのに……。
　寂しくて苦しくて切なくて、そんな感情を抱いている胸の奥が痛くてたまらなかった。
　瞼を閉じて、キスを繰り返す。
　お互いの吐息が絡む最中、お兄ちゃんの言葉を思い出した。
『できないことに惑わされて、できることまで見失うな』
　"泣かない"って決めた。
　"強くなる"って決めた。
　だって……。
　そうしなければ、また雪ちゃんにつらい思いをさせることになるかもしれないから。
　キスに意識を集中させて、高まっていくお互いの熱を肌で感じる。
　それでも、抱いた苦しさや切なさが和らぐことはなかったけど……。
　久しぶりに素肌で感じた雪ちゃんの体温は、言葉にはで

きないほどの幸福感を与えてくれた。

「……結局、雪ちゃんに主導権を握られちゃった」
　夕暮れが近づく部屋の中で小さな不満を込めて漏らすと、雪ちゃんは窓から射しこむ穏やかな陽射しに目を細めた。
「言ったでしょ、俺は攻める方が好きだって。渚に主導権を握られるのも悪くないかと思ったけど、渚のペースだと焦れったくて仕方なかったんだよ。それとも、焦らしたかったわけ？」
「へっ……!?」
「ほら、焦らしプレイ的な？　まぁ、俺が渚にするのはいいけど、される側になるなら話は別だね」
　わざとらしいくらいの笑顔を見せる雪ちゃんを睨むと、彼は楽しげにクスクスと笑った。
　穏やかな時間に幸せを感じながらも、与えられる意地悪な態度に悔しさを覚える。
「今日の雪ちゃん、意地悪だね……」
　尖らせた私の唇に、雪ちゃんがチュッとキスを落とした。
　ほんの3秒前までは悔しいと思っていたはずなのに、そのリップ音に溶かされるように胸の奥がくすぐったくなる。
「男ってさ、つい好きな女の子をいじめたくなるものなんだよ」
「ずるい……。そういうこと言われたら、キュンってする

じゃない」
「ドキドキする?」
「するよ! でも、それってうれしいけど、悔しいの!」
「どうして?」
　雪ちゃんは、瞳で弧を描いて首をかしげる。
「だって、絶対私ばっかりドキドキしてるんだもん! 私だって、雪ちゃんをドキドキさせたいのに!」
　ムキになると、雪ちゃんが面食らったように笑った。
「でも、雪ちゃんって、いっつも余裕そうなんだもん! たまには私にドキドキして、すっごく戸惑ったりしてほしいのに!」
「渚……」
「え、なに?」
「渚は俺のことをよくわかってると思うけど、自分が絡むことには鈍感だね」
「なにそれ? 意味わかんないよ」
「だからさ……」
　そこまで言った雪ちゃんが、おもむろに私の耳もとに唇を寄せた。
「俺だっていつも渚にドキドキしてるよ、ってこと」
　甘く低く囁かれた言葉に鼓膜がくすぐられ、心臓がドキドキと騒ぎだす。
「……っ!」
　どこか照れ臭そうに笑う雪ちゃんを見て、その言葉は彼の素直な気持ちなんだってわかったけど――。

「やっぱり、雪ちゃんはずるいよ……」
　私の方が雪ちゃん以上にドキドキしていることは明白で、やっぱり悔しくなってしまう。
「え、どうして？」
　ただ、そこには確かに大きな喜びがあって、幸せを感じているのは紛れもない事実。
　不思議そうにしながら私を見つめる雪ちゃんの唇に、そっと自分のそれを重ねた。
　交わすキスには、確かにふたり分の想いがこもっている。
　私の心の中は、柔らかな多幸感で満ちあふれていた。
　それでもやっぱり、言葉にできない苦しみが消えることはない。
　だけど……。
　例えば、私に"できること"をすることで雪ちゃんの笑顔に繋がって、こんなふうに穏やかで温かい時間が生まれるのなら、それはきっとすごく幸せなこと。
　だったら、私はその苦しみも受け止められるくらいに強くなって、雪ちゃんと一緒に時を刻んでいく。
　私達に課せられた"最期の瞬間"までは、なにがあっても精一杯笑い続けてみせるから──。

刻まれていく時間

　どんなときでも、時間は平等に刻々と過ぎていく。
　それを嫌ってくらいに痛感したのは、10月も終わりを迎えようとしている頃のことだった。
　時を刻む秒針の音はそれを誇張するかのようで、無意識のうちに不安を孕んだ不快感が募る。
　今までは、なんとも感じなかったことなのに……。
　残酷なリミットを突きつけられた今は、聞き慣れた秒針の音をすごく怖いと思うんだ。
　恐怖に襲われて油断した途端に緩みそうになる涙腺は、約束を守るためにしっかりと蓋をする。
　いっそのこと、南京錠でもなければ開けられないようにしたいくらいだ……。

　雪ちゃんの病状は、確実に日に日に悪化している。
　その症状を目の当たりにすれば、雪ちゃんの命の期限が目に見えるようで……。
　言葉では表すことができないほどの不安が、私の心を襲う。
　暗闇に突き落とされそうになる中、雪ちゃんのそばにいることをつらいと感じるときすらあった。
　だけど……。
　私が笑っていれば、雪ちゃんも笑ってくれるから。

そのたったひとつの真実が、弱い私の心を支えてくれる。
　油断すればポキリと折れてしまいそうになるときもあるけど、雪ちゃんの笑顔が折れそうになるその場所を補強してくれた。
　相変わらず、弱い私。
　そんな私に反して、雪ちゃんは自分に課せられた未来を受け入れているように見える。
　以前と変わらない微笑みを見せる雪ちゃんは、きっとすごく強い。
　穏やかに笑うその表情に、いったい何度救われただろう。
　だけど、雪ちゃんの笑顔を見るたびに彼が今にも消えてしまいそうな気がして、未来に待ち受ける不安に怯えてばかりいる。
　私は強くなると決めたばかりなのに、甘ったれた部分がちっとも直せなくて……。
　雪ちゃんを支えるどころか、逆に彼の強さに支えてもらっていた。

「いい天気だね」
　窓際で外を見つめていた雪ちゃんが、なにげなくぽつりと零した。
　残酷な現実に折れそうな心を持つ私とは裏腹に、今日は気持ち良すぎるくらいの晴天だった。
　ぽかぽかと降りそそぐ陽射しは、冬が近づいているとは思えないくらいに心地好く、優しい雪ちゃんにどこか似て

いる。
「明日から11月だとは思えないよね。こういうの、小春日和って言うんでしょ？」
「うん。渚がそんなこと知ってるなんて珍しいね」
「……今日、真保が言ってた」
　正直に答えると、雪ちゃんがクスクスと笑った。
「雪ちゃん、今『それでか、渚が知ってるはずないって思った』って思ってるでしょ？」
「いや……」
　ごまかすように首をかしげた雪ちゃんが、左手でうなじを触る。
「相変わらず、嘘つくのがへただよね」
　その姿を見て苦笑すると、彼は慌ててうなじから左手を離した。
「今更、遅いよ～！」
　素直な態度を見せる雪ちゃんがなんだか可愛くて、思わずクスクスと笑ってしまう。
「……今、俺のこと『可愛い』とか思ったでしょ？」
　そんな私の心の中を見透かすように、雪ちゃんがため息混じりに苦笑いを浮かべた。
　穏やかで温かい時間に、心が幸福感に包まれている。
　だけど……。
　今この瞬間すら、確かにタイムリミットに向かって進む時間の中に加算されているんだから、心の底からその幸せに浸ることはできない。

幸せな雰囲気なのに、心の中は不安に負けてしまいそうで。
　穏やかな時間なのに、胸の内は恐怖に荒れている。
　このまま、時間が止まればいいのに……。
　そんな夢みたいなことを何度考え、そして心の中で強く願ったんだろう。
　もう、数えきれないくらい請い求めてみたけど……。
　やっぱり、時間はひどく残酷だ。
　相変わらず、雪が溶けない術はわからなくて。
　それならそれで強くなろうと決めたのに、人はそう簡単には成長できないものなんだと知っただけ。
　だけど──。
「渚、どうかした？」
　雪ちゃんと同じ時間を歩むと決めたから、彼の前だけでは笑顔を消しちゃいけない。
「あのね、明日の英単の小テスト嫌だな〜って思ってただけ」
　だから、私はなんでもないフリをして笑うし、心に住みつかせてしまった不安は隠す。
「渚は、英語も苦手だもんね……」
　だって、たとえ苦笑だったとしても、雪ちゃんの"笑顔"を見ていたいから。
「渚。今、単語帳持ってる？」
「うん」
「じゃあ、出して」

「え?」
「ほら、ちょっとくらい勉強しなきゃいけないでしょ。俺が問題出してあげるから、ついでにルーズリーフも出して」
「えぇっ!? 絶対に嫌! 雪ちゃん、超スパルタなんだもん!」
　大袈裟なくらいの反応を見せて、わざと少しだけ拗ねた表情もして。
「そんな顔してもダメだからね」
　楽しげに笑う雪ちゃんに、あえて今までと変わらない態度を取る。
　そして"いつもどおり"、苦笑する彼のスパルタな授業を受けるんだ。
「そこ、スペル違う。iじゃなくて、eだよ」
「そんなの、どっちでもいいよ〜……」
「そんなつまらないダジャレ言ってると、あと30個は書いてもらうよ」
「違っ……! 今のはダジャレじゃないもん! もう無理だからね! 絶対、30個も書けないよ!」
　必死に訴える私を見て、雪ちゃんがクスクスと笑う。
　こうして流れる時間も、私達の思い出のひとつとして刻まれていくけど……。
　いつか、このことを忘れてしまうときが来るんだろうか。
　一瞬でもそんなことを考えてしまった自分自身の弱さには、わざと気づかないフリをした。

Scene 6
雪が降ったら

強くてもろい人

「ねぇ、雪ちゃん」
「ん？」
　私が呼べば、雪ちゃんは優しい笑みを見せてくれる。
　すかさず彼に抱きついて、その存在を確かめるように唇にキスをした直後に与えられる笑顔に、心がホッとする。
　雪ちゃんは、強いと思っていた。
　残酷な未来を受け止め、そして受け入れたからこそ、笑っているんだと思っていた。
　だけど……。
　甘えてばかりの私は、やっぱり大切なことを見落としていた。
　そのことに気づいたのは、私達に残された時間がもう本当にほんの僅かになってしまった頃だったんだ……。

「渚は甘えん坊だね」
　雪ちゃんに抱きついたまま離れない私に、彼は少しだけ困ったように笑った。
　その表情にどんな意味が隠されているのかを、私はもう気づいている。
　きっと雪ちゃんは、自分がいなくなった未来で生きていく私のことを、誰よりも心配してくれていて。
　自分のことよりも私のことを心配するあまり、私が甘え

るたびに困り顔を見せてしまうんだと思う。
　だけど……。
　私は、雪ちゃんのそばにいるときは"今までどおり"甘えていたくて、いつだってそのことには気づかないフリをしていた。
　顔に困惑を残したままの雪ちゃんに笑顔を向け、少しだけ強引に話題を変える。
「そういえば、お兄ちゃん遅いね。お昼には来るって言ってたのに……」
　すると、雪ちゃんも私に合わせるように小さく破顔した。
「まだ寝てるんじゃない？　章太郎って、昔から休みの日は昼まで寝てたから」
「う〜ん……。叩き起こしてきた方が良かったかな？」
「そのうち来るよ」
「じゃあ、今のうちに雪ちゃんを独占しておかなきゃ！　お兄ちゃんが来たら、雪ちゃんをとられちゃうし！」
　そう言うと、雪ちゃんがクスクスと笑った。
「誰が雪緒なんかとるか！」
　直後、タイミング良く入ってきたお兄ちゃんが、雪ちゃんの笑い声を遮った。
「お兄ちゃん！」
「こら、渚！　気持ち悪いこと言うんじゃねぇよ！　俺は、雪緒を独占する権利なんていらねぇからな」
「立ち聞きなんて相変わらずいい趣味だね、章太郎」
「うるせぇ！　部屋の外まで聞こえるような声で喋ってる

渚が悪い!」
「ええっ、私!?」
「違うよ、渚。章太郎の趣味が悪いんだよ。だいたいノックもしない辺り、無神経だろ」
　雪ちゃんは爽やかな笑みを浮かべ、さらりと言い放った。
「憎まれ口は相変わらずだな、雪緒」
　お兄ちゃんは眉を寄せながらも、どこかうれしそうに見えた。
　もしかしたら、雪ちゃんと交わすいつものやり取りに安堵感を抱いたのかもしれない。
　少なくとも、ふたりのことを見ている私はそうだった。
「……ったく。貴重な休日に、なんで雪緒に会わなきゃいけねぇんだよ」
　わざとらしくため息をついたお兄ちゃんに、さっきまで爽やかに笑っていた雪ちゃんが真面目な顔つきになった。
「……悪いね、章太郎」
　本当に申し訳なさそうに見えるその面持ちに、胸の奥が苦しくなる。
　今日、お兄ちゃんが雪ちゃんの家に来たのは、雪ちゃんの部屋の場所を変えるためだった。
　雪ちゃんはずっと2階で過ごしてきたけど、病状が悪化していくばかりの彼にとって、今までと同じように過ごすことは難しい。
　だから、今日からは、客間として使っている1階の和室で生活をすることになった。

そして、ある程度の物を移動させるために人手が必要になるからという理由で、私がお兄ちゃんに助っ人を頼んだ。
　だけど……。
　心底申し訳なさそうな顔をしている雪ちゃんを見て、本当に自分の行動が正しかったのかどうかがわからなくなってしまった。
「安心しろ」
　そんな暗くなった雰囲気を破ったのは、お兄ちゃんのはっきりとした声だった。
「この借りは、3倍にして返してもらうからな。だいたい、俺がタダで雪緒に親切にするわけねぇだろ、バーカ！」
　大袈裟なくらいの憎まれ口を叩くお兄ちゃんに、雪ちゃんは一瞬だけ目を見開いてから苦笑した。
「覚えておくよ」
　さっきまでの気まずい空気が溶けて、またいつもの雰囲気が戻ってくる。
　子どもみたいな言いあいを再開させた雪ちゃんとお兄ちゃんを見ながら、私も自然と笑っていた。
　そして、ふたりはやっぱり、お互いのことをよくわかっているんだって思った。

　しばらくして、お兄ちゃんとおじさんを中心に荷物の移動を始めた。
　あまり動けない雪ちゃんに指示をもらって、私とおばさんは小物を移動させていく。

一番移動させるのが大変だと思っていたベッドは、幸い解体できるタイプの物だったから意外と簡単に運べて、昨日のうちに私とおばさんで敷(し)いておいたラグの上にちゃんと乗せることができた。
　お兄ちゃんは雪ちゃんに憎まれ口を叩きながらも、ほとんどの力仕事をひとりでこなしていた。
　作業は思っていたよりも早く終わって、2時間もしないうちに片づけまで済ませることができた。
「ありがとう」
　綺麗に片づいた部屋を見て、雪ちゃんは微笑みながら言った。
　過ごし慣れた部屋を不本意な理由で離れることになった雪ちゃんにとって、きっと今回のことにも少なからずつらい気持ちがあるに違いない。
　それなのに、笑ってお礼の言葉を口にした雪ちゃんは、やっぱり心が強い人なんだと思う。
　そんな彼に対して、私はなにも言えなかった。
「みんな、疲れたでしょ。お茶にしましょう。プリンがあるから、すぐに用意するわね」
「じゃあ、私も手伝うね！」
　それをごまかすように、おばさんに笑顔を向けた。

　リビングでお茶の用意をしていると、おじさんが入ってきた。
「章太郎くんといるときの雪緒は、覇気(はき)があるな」

うれしそうに笑うおじさんに、私とおばさんは同時に頷く。
「昔からそうだったわよね。雪緒が熱を出しているときに章太郎くんがお見舞いに来てくれると、それまでどんなにつらそうにしていても急に元気になって、いつも憎まれ口を叩いていたし……」
懐かしむようにクスクスと笑うおばさんに、私も笑みを浮かべる。
「あのふたりって、『仲良しだよね』って言うと息ぴったりで否定するけど、そういうところも含めてやっぱり仲良しだよね」
ふたりの話題でひとしきり笑ったあと、お茶の支度ができた。

「私、ふたりを呼んでくるね」
言いおわるよりも早くリビングを出て、数歩先にある客間に行った。
そして、襖越しに声をかけようとしたとき——。
「……なぁ、章太郎。俺、ちゃんと笑えてるか？」
不安を滲ませた雪ちゃんの声が聞こえてきて、思わず開きかけた口を閉じてしまった。
「お前にこんなこと言ったら、笑われるかもしれないけどさ……」
お兄ちゃんの答えを聞かずに、雪ちゃんが小さく続ける。
「死ぬのが、怖いんだ……」

「……っ!」
　"死ぬ"という言葉に、心臓がドクンと跳ねあがる。
　同時に、恐怖に包まれた体が硬直してしまったように、その場から動けなくなった。
「毎日毎日、不安に押し潰されそうで……。ひとりになると叫びたくなるし、ときどき父さんや母さんに怒鳴ってしまいそうになる……」
　最後に「情けないだろ?」って付け足した雪ちゃんの傷ついたような顔が、あまりにも安易に脳裏に浮かぶ。
　唇を本気で噛みしめなければ、目の奥から零れ出そうとする熱をこらえられそうになかった。
　雪ちゃんが黙った途端に訪れた短い沈黙を破ったのは、彼自身だった。
「弱いのは渚じゃない。……俺の方だよ」
　弱々しく呟かれた言葉に、唇をさらに強く噛みしめる。
　私は、雪ちゃんのなにを見ていたんだろう……。
　ずっと雪ちゃんのそばにいるくせに、その心に隠されていた感情に気づけなかった。
　雪ちゃんの優しさは、彼自身の強さが生みだしているものだと思っていたし、その考え方自体が間違っているわけじゃないとは思う。
　現に、病魔を抱えながらも周りを気遣える雪ちゃんは、本当に強い人だと思うから。
　だけど……。
　心に強さを持つ雪ちゃんは、同時にそれ以上の弱さも持

ちあわせていたんだ……。
 こんなにも簡単なことに、どうして気づけなかったんだろう……。
 命の期限を突きつけられて、平然としていられるはずがない。
 私が見ていたのは、雪ちゃんの精一杯の強がりにも似た振る舞いで、そして彼自身が周りの人達に与えていた優しさだったんだ。
 "雪ちゃんは強い"なんて、私の浅はかな思いこみでしかなかった。
 ほんの少し考えれば、こんなことくらいすぐに気づけたはずなのに……。
 私の瞳は、雪ちゃんが見せてくれる表面上だけの笑顔しか捉えていなくて、彼がずっとひとりで不安や恐怖に怯えていたことに気づかなかった。

「雪緒」
 お兄ちゃんの力強い声に、思わず下げてしまっていた視線を上げる。
 襖の向こうにいるお兄ちゃんの真っ直ぐな瞳が、なんだか目の前に見える気がした。
「お前だけじゃねぇよ」
「え……?」
「死に直面して平然としていられる人間なんて、きっとこの世に数えるほどしかいないと思うぞ。だから、別にお前

が特別に弱いわけじゃない。渚の方が強いってわけでもない。怖くなるのも不安になるのも、ごく自然で当たり前のことなんだよ」

お兄ちゃんの声に耳を傾けていた私は、いつの間にか噛みしめていた唇の力を抜いていた。

「だからな……」

強張っていた体の力が緩み、バクバクと鳴っていた心臓が少しずつ落ち着いていく。

「泣きたいなら泣け。叫びたいなら叫べ。親に怒鳴れないなら、俺に怒鳴ってもいい。だから……なにもかも、ひとりで抱えこんでるんじゃねぇよ……」

お兄ちゃんが最後に紡いだ声だけはそれまでよりも小さくて、耳を澄ませていなければ聞こえないほどのものだった。

「章太郎……」

「くそっ……！　なんつーか、こう……うまく言えねぇけど……」

必死に言葉を探すお兄ちゃんの優しさが、襖の向こうに溢れている。

「お前は……俺の親友、だから……」

お兄ちゃんの言葉に、目をまん丸にする。

いつも"腐れ縁"を強調しているふたりは、誰が見ても仲良しだと思うだろう。

ただ、私が知る限り、お互いの前では"親友"なんて臭いセリフを口にするようなふたりじゃない。

だけど、改めてその言葉で表されたふたりの関係は、正にそのとおりだって思った。
　そのあと、お兄ちゃんは「少しでも力になりたいんだよ」って、小さく小さく付け足した。
　ガラにもない言葉を口にしたお兄ちゃんが、今どんな顔をしているのかはわからないけど……。
　雪ちゃんは、なんとなく幸せそうに笑っている気がした。
「初めてだよ……」
　ぽつりと呟いた雪ちゃんに、思わず小首をかしげる。
「なにが？」
　浮かんだ疑問を、お兄ちゃんがすぐに代弁してくれた。
「章太郎を抱きしめたいと思ったのは」
「はぁっ!?　てめっ……！　気持ち悪いこと言うんじゃねぇよ！」
「冗談だよ。お前なんかに抱きつくところを想像したら、気持ち悪くて吐き気がするね」
「お前が言ったんだろうが！」
　爽やかな笑顔で話す雪ちゃんと、眉をしかめてムキになって切り返すお兄ちゃんの顔が脳裏に浮かぶ。
　私は、ふたりに気づかれないように小さく笑った。
「だから、冗談だって言っただろ。だいたい、俺が抱きしめたいのは渚だけなんだよ。ついでに言うと、俺は自分が泣くより渚を啼かせたい」
「彼女の兄貴の前で、よくそんな話ができるな……」
「俺は正直者だからね。素直な気持ちを隠せないんだ」

「爽やかな笑顔でそんな冗談をのたまうお前が怖い……」
「冗談？　それこそ、冗談だろ。俺は、ヘタレな章太郎とは違うからね」
「はぁ!?　誰がっ……！」
「本当のことだろ。ヘタレじゃないって言うなら、いつまでも自分の気持ちを隠してないで、さっさと真保ちゃんに告ったら？」
「ええっ!?」
　雪ちゃんの言葉に思わず大声を上げてしまった私は、慌てて両手で口を塞いだ。
「げっ！」
　目の前の襖が開いたのは、お兄ちゃんのそんな声が聞こえた直後のこと。
「な、渚っ……！　おまっ、いつから聞いてた!?」
　珍しくうろたえるお兄ちゃんに、驚きを隠せないまま口を開く。
「お兄ちゃんって、真保が好きだったの!?」
「違っ……！　いや、違わねぇけどっ!!　あ〜っ、くそっ、雪緒のせいで渚にバレたじゃねぇか！」
　お兄ちゃんは言いおわるよりも早く、雪ちゃんの方に体を向き直らせた。
「俺のせいにしないでよ」
「っつーか、いつから気づいてたんだよ!?　俺、誰にも言ったことねぇんだぞ！」
「ん？　確か、去年の夏かな。ほら、4人で海に行っただろ？

そのときの章太郎があまりにも真保ちゃんのことを愛おしげに見るもんだから、気持ち悪くて鳥肌が立っちゃったんだよ」
「それ……ほとんど最初から知ってたっていうことじゃねぇか……。っつーか、お前は人の恋愛(れんあい)のことまでさんざんな言い種だな……」
「さっきも言っただろ？　俺は正直者だからね、って。でもさ……」
　いつもどおりのペースで言いあうふたりを前に、お兄ちゃんの気持ちを知ったばかりの私はポカンとしていた。
「俺が渚を見る眼差しと、章太郎が真保ちゃんを見る眼差しはたぶん同じなんだろうなって思うと、お前を応援したくなったよ」
　反して、雪ちゃんは優しい笑みを浮かべている。
「親友として、ね」
　そして、どこか大切そうに付け足された言葉に、思わず私も瞳を緩めていた。
「章太郎と真保ちゃん、意外とお似合いだと思うよ。章太郎の緩んだ顔は気持ち悪いけど、お前達が手を繋いでる姿とかは見たいと思うしね。真保ちゃんにフラれたときは渚とふたりで慰めてあげるから、安心しなよ」
　柔らかい笑みを浮かべていた雪ちゃんは、最後に爽やかな笑顔を見せた。
「縁起でもないこと言うんじゃねぇよ。っつーか、お前は俺のことを応援してるのかしてないのか、いったいどっち

なんだよ……」
「俺はいつだって、章太郎の幸せを祈ってるよ」
「気持ちわりぃ……」
 わざとらしい微笑みで告げた雪ちゃんと、それに対してすかさず舌を出したお兄ちゃんに、破顔する。
 なんだか楽しくなってクスクスと笑っていると、お兄ちゃんが私に視線を向けた。
「お前さ、さっきの話──」
「渚」
 どこか強張ったような面持ちのお兄ちゃんに緊張感を抱いた瞬間、雪ちゃんがいつもと変わらない穏やかな声音でお兄ちゃんの話を遮った。
「俺達を呼びにきたんでしょ？」
 優しい瞳を向けた雪ちゃんは、普段どおりの態度だった。
 私も彼に合わせるように、にっこりと笑う。
「うん、お茶の用意ができたの！　部屋の前に来たら、雪ちゃんがお兄ちゃんと真保のことを話してたから、びっくりしちゃった！　おかげでふたりを呼びにきたこと、すっかり忘れちゃってたよ～！」
 あえておどけたように笑うと、雪ちゃんもお兄ちゃんもなにも言わずに笑顔を返してくれた。
 作られた明るい空気の中、雪ちゃんはお兄ちゃんの手を借りてベッドから下り、私達はおじさんとおばさんが待つリビングに行った。

ティータイムのリビングは、ほんの少しだけぎこちなさを滲ませながらも、すごく穏やかな雰囲気に包まれていた。
　さっき、雪ちゃんがお兄ちゃんの言葉を遮ったのは、私には彼の弱音を聞かなかったことにしてほしかったからなのかもしれない。
　だったら、私はなにも聞かなかったフリをする。
　だけど……。
　雪ちゃんが強さの中にもろさを隠していることを、決して忘れちゃいけない。
　優しく笑いながらも不安に襲われている雪ちゃんの心を、ちゃんと見ていなきゃいけない。
　ねぇ、雪ちゃん……。
　私は、"ずっと"そばにいるよ――。

もうひとつの約束

　繰り返すのは、まるで同じ映像を見ているかのような日々。
　だけど……。
　人は1秒、1分、1日を積みかさね、毎日確実に成長している。
　1日単位の成長の度合いなんて目には見えないし、1年単位で見てもそれはあまり変わらないのかもしれないけど。
　数年前までは小学生だった私も、来年には高校を卒業する。
　あの頃に着ていた服が着られなくなったように、やっぱり人は毎日確実に成長していて、少しずつ老いていくんだ。
　そんなふうに思うようになったのは、雪ちゃんがとうとう自力での歩行が困難になりはじめたから……。

　雪ちゃんが1階の客間を使うようになってから1週間も経たないうちに、彼は外出をするときには車椅子(くるまいす)を使うようになった。
　外出と言ってもそのほとんどが通院だから、病院まではおじさんやおばさんが車を運転していくんだけど……。
　雪ちゃんは、駐車場から病院の入り口までの数十メートルの歩行はおろか、院内での移動でも車椅子を使うことを

余儀なくされる状態だった。
　初めて車椅子を使ったときの雪ちゃんは、悔しさを滲ませた痛々しい表情を浮かべていた。
　だけど……それでも微笑む雪ちゃんを前に、私も無理やり笑みを繕うことしかできなかった。
　人が成長するのと同じように、雪ちゃんの中に根づいた病魔も著しい成長を見せている。
　家の中では辛うじて歩けているけど、それだって誰かに肩を借りなきゃいけなくなって、雪ちゃんがひとりで移動をすることはほとんどなくなってしまった。
　最初に車椅子が必要になった時点で、医師からはさすがに入院を強く勧められたけど……。
　あくまで"いつもどおり"の生活を願う雪ちゃんの気持ちを汲みとるように、彼の両親がすかさずそれを拒絶した。
　優しい雪ちゃんのことだから、もしおじさん達が先に首を振っていなければ、彼は自ら入院することを受け入れていたと思う。

「渚……？」
　ベッド脇にいる私を呼んだ雪ちゃんの顔を、笑みを浮かべて覗きこむ。
「ここにいるよ？」
「ごめん……。俺、寝てたんだね……」
　申し訳なさそうに眉を下げた雪ちゃんに、首を横に振った。

「薬が効いてるだけなんだから、謝らないで。それに、おばさんから聞いたけど、今日は検査に時間がかかったんでしょ？　私のことは気にしないで寝てて」
　読んでいたパソコン関連の本を見せると、雪ちゃんが小さく笑った。
「渚が自分から勉強してるなんて……。明日は雪が降るかもしれないね」
　つらそうにしながらも笑顔を見せてくれることが、どうしようもなくうれしい。
　そんな気持ちを抱えていることを気づかれないように、いつものように唇を尖らせた。
「私だって、たまには勉強するもん！　それに、この辺りって冬でも暖かいし、雪なんて降らないよ〜」
「そうだね……」
　ぽつりと呟いた雪ちゃんがどこか寂しげに見えて、不安が芽生える。
　そんな私の直感的な感情を肯定するように、おもむろに深呼吸をした雪ちゃんが真剣な顔つきになった。
「渚……」
　低く呼ばれた名前に、心臓がドキリと跳ねあがった。
「なぁに？」
　抱いた不安と恐怖を悟られないように、必死に笑顔を見せる。
「もし……」
　小さく零された"If"は、あまり良くない話を連想さ

せる。
「もし……俺達が離れてしまうことになったら……」
　そして、それはやっぱり無情にも正しかった。
「そのときは……」
　嫌だよ、雪ちゃん……。
　そんな悲しいこと、言わないでよ……。
　声にしたくてもできなかったのは、雪ちゃんが必死に言葉を選んでいることをわかっていたから。
　悲しげに染まった瞳に、なにも言えなくなってしまった。
「いつまでも過去に囚われてちゃ、ダメだよ」
　悲しみを帯びた声で、だけどきっぱりと告げられた言葉。
　それは私達の恋には未来がないことを、はっきりと物語っていた。
　"苦しい"とか、"悲しい"とか。
　そんな言葉では片づけられない。
　目頭に集まった熱と喉の奥の痛みに、今日こそ耐えられないかもしれないと思った。
　そんな私の気持ちを見透かすように、雪ちゃんが眉を寄せて微笑む。
　雪ちゃんは、自分のその表情が私の苦しさを増幅させることすらも見抜いているかのように、私の手をぎゅっと握った。
「でも……」
　次はどんな言葉を投げかけられるのかと、思わず身構えてしまう。

雪ちゃんは私の手を握ったまま、眉根の力を緩めて柔らかい笑みを浮かべた。
「雪が降ったら、俺のことを思い出して」
「……っ」
　咄嗟に唇を噛みしめて、体の奥からせりあがってくるもの達を必死にこらえる。
　ねぇ、雪ちゃん……。
　それはずるいよ……。
　生まれたときからこの街で過ごしてきたんだから、ちゃんと知ってるでしょ……？
　喉もとが震えて言葉が声にならないけど、きっとそれでいい。
　だって……。
　声を出せば、簡単に泣いてしまうと思うから。

　この街に、雪が降ることは滅多にない。
　私が覚えている限り、この街に雪が降ったのは雪ちゃんと出会った年の冬だけ。
　それも、小さな結晶がちらついた程度で、すぐに止んでしまった。
　冬でも比較的暖かいこの街に雪が降ることは、奇跡に近いのかもしれない。
　だからつまり、雪ちゃんは『俺のことは忘れて』って言っているのも同然だった。
　悲しすぎる現実を突きつける雪ちゃんが、自分の未来を

見すえていることに。
　それでも、私のことばかり思いやるその優しさに。
　ただただ、胸の奥が締めつけられる。
　そんな私の頬に、雪ちゃんがそっと触れた。
「人はいつまでも過去に囚われていたら、きっと前に進めなくなる……。だから……渚も、この先なにがあっても過去に囚われたままじゃいけない。どんなに苦しくてもつらくても、生きてる限りは前に進まなきゃいけないんだよ」
　雪ちゃんの声があまりにも優しいから、ついに目の奥の熱が溢れ出しそうになった。
「だから……」
　だけど、雪ちゃんの前だけではどんなことがあっても泣かないと決めたから、絶対に耐えなきゃいけない。
「もし、俺達が離れてしまうことになっても……俺は俺の、渚は渚の道を歩いていくんだ。過去に囚われないで、ちゃんと生きていこう」
　きっと"この先"、"生きていく"のは私だけで……。
　そのときは世界中のどこを探しても、雪ちゃんはいない。
「だから、そうなったときには、俺のことは忘れてくれればいいからね……」
　眉を寄せて苦しげに話しながらも微笑んでいる雪ちゃんに、私はやっとの思いで口を開く。
「雪ちゃんも……私のことを忘れるの……？」
　震える声で尋ねれば、雪ちゃんが少しだけ考えるように目を閉じたあと、優しい瞳で微笑んだ。

「……離れてしまっても、俺が渚のことを大切に想う気持ちは変わらない。だから、渚のことをずっとずっと応援してるよ」

やっぱり、雪ちゃんはずるい。

私だけに忘れるように告げる雪ちゃんは、きっと誰よりも優しくて……。

だけど、誰よりも残酷だ。

ただ残酷なだけなら、泣きわめいて責めることもできたのに……。

あまりにも深い優しさを伴っているから、もう涙を誘う熱を感じることすら許されなくなってしまう気がした。

頬にある温もりに自分の手を重ね、噛みしめていた唇でゆっくりと弧を描く。

「雪ちゃん……」

「ん？」

「私は、ずっと雪ちゃんのそばにいるよ。だから……今はまだ、その約束はできないよ……」

きっぱりと告げた私に、雪ちゃんが苦しげに顔を歪める。

「渚……」

「だけどね……」

なにか言いたそうにしている雪ちゃんをそっと遮って、私の手を握ったままの彼の手を強く握り返した。

「もし……"いつか"本当にそうなるときが来たら……」

泣くな、泣くな、泣くな……。

自分自身に必死に言い聞かせて、雪ちゃんを見つめる。

「その約束も、ちゃんと守るね」
　笑って口にした言葉は、なんだか現実味がなかった。
　だけど……。
　胸の奥が痛くて、あまりにも痛くてたまらなかった。
「ちゃんと……前に進むよ……」
　私の声が震えていることに、雪ちゃんなら気づいている。
　それでも、雪ちゃんが笑っているから、私も必死に笑みを浮かべて見せる。
「でもね……」
　頬の上で重なる手の温もりを感じながら、雪ちゃんを見つめたまま続けた。
「雪が降ったら、雪ちゃんのことを思い出すよ……」

『思い出しちゃいけないよ』
　雪ちゃんはきっと、選んだ言葉達に隠して、暗にそう言っていた。
　あまりにも優しすぎて、あまりにも残酷すぎて……。
　そして、受け入れるのは難しすぎる。
　"泣かない約束"の次は、"前に進む約束"。
　雪ちゃんのいない世界でそれを実行するなんて、私には到底できそうにない。
　だけど……。
　優しい雪ちゃんがそれを望むのなら、私はどんな嘘だってつく。

でもね、雪ちゃん……。
　いつか"もし"が来るときがあったとしても、私は雪ちゃんのことを忘れたりなんてできないよ……。
　だからね……。
『雪が降ったら、俺のことを思い出して』
　雪ちゃんがそう言うのなら、毎日雪が降り続ける極寒の地にでも住むよ。
　そうすれば、忘れなくてもいいでしょう……？

欲しいもの

　翌日もその翌日も、学校が終わったらすぐに雪ちゃんに会いにいった。
　薬や点滴の副作用のせいで、雪ちゃんは昼間でも眠っていることが多くなったけど……。
　彼の寝顔を見て、その寝息を聞けるだけで良かった。
　だから、時間が許す限り、雪ちゃんのそばから離れなかった。
　それでも夜になると、仕事を終えて迎えにきてくれるお兄ちゃんと帰らなきゃいけなくて。
　平日は、どうしても学校に行かなきゃいけない。
　明日も雪ちゃんに会える保証がないことを痛感している今、彼と離れている時間が怖くてたまらなかった。

「渚、顔色悪いよ。大丈夫？　……じゃない、よね」
　昼休みを迎えた騒々しい教室で、真保が私の顔を覗きこみながら眉を寄せた。
　彼女に雪ちゃんの病気のことを話したのは、1ヶ月前のこと。
　最初はどう切りだせばいいのかわからなくて、雪ちゃんと海岸で話した直後には言えなかったけど……。
　真保にはちゃんと話しておきたくて、やっとの思いで打ち明けることができた。

私が泣きそうになりながら話している間、真保は唇を噛みしめながら瞳に溜まった涙をこらえていたものの、結局は私と同じように最後までその涙を零すことはなかった。
「ちゃんと眠れてるの？」
　その質問に力なく首を振って、情けない笑みを落とす。
「眠ろうとしても、なんだか眠れないの……」
　心身ともに疲れているのに、どうしても眠れない日々が続いていて……。
　夜の静寂に包まれた部屋で、不安と恐怖を紛らわすためにパソコン関連の本を何冊読みあさったかわからない。
「保健室行く？　少し横になった方がいいんじゃない？」
「ううん……」
　その問いにも首を横に振ったあと、真保の瞳を見つめた。
「あのね、真──」
「渚。今、なにを考えてるの？」
　私を見つめ返す真保の視線があまりにも真っ直ぐで、心の中を見透かされてしまっている気がする。
「渚が朝からずっと、なにか話そうとしてたことはわかってるよ」
「真保……」
「ねぇ、渚」
　真剣に向き合っている私達だけ、まるで教室から切り離された世界にいるみたい。
　頭の片隅でそんなことを考えていると、真保が続きの言葉を紡いだ。

「なにか大きなことを、決意したんでしょ?」
　確信を持った口調で言い当てられたことに、ほんの一瞬だけ目を見開いたけど、眉を寄せて微笑みながらこくりと頷いた。
「その決意は、渚が後悔しないためのもの?　それとも、雪緒くんのためのもの?」
　どちらも合っているようで、たぶんどちらも違う。
　私は、自嘲気味に微笑んだまま口を開いた。
「私のワガママだよ……」
　こんな投げやりな言い方をした私のことを、真保はきっとまた怒るに違いない。
　だけど……。
　抱いたばかりの決意を貫く覚悟は、もう決めた。
　私にはもう、１秒だって悩んでいる時間なんてない。
　そんなことに時間を割くくらいなら、がむしゃらに前に進む方がずっといいと思う。
　だから……。
「でも……誰になにを言われても、周りから反対されても、たとえ雪ちゃんに恨まれても……このワガママだけは貫くって決めたの」
　真保を真っ直ぐ見つめたまま、きっぱりと言い放った。
　あえて、"ワガママ"の内容は言わない。
　だってきっと、反対されてしまうから……。
「そう……。わかった」
　少しの間を置いて、真保はゆっくりと頷いた。

「私は応援してるから」
「え?」
　続けて付け足された言葉に、驚きの声が漏れた。
「なにを決意したのか、訊かないの……?」
　すると、真保はわざとらしくため息をついてから、どこか呆れたように小さく笑った。
「私達、何年の付き合いだと思ってるの?」
　目の前の席に座った彼女が、私の机で頬杖をつく。
「これでも、渚のことはいろいろ知ってるつもりなんだけど」
　得意気に破顔した真保は、程なくしてその笑みを残したまま眉を寄せた。
「渚が本気でなにかを決めたときって、誰がなにを言っても絶対に意志を曲げないんだよね」
　ため息混じりにそう零した彼女が、「だって」と笑う。
「小学生のときはおばさんに叱られて『家出する』って言いだして、10月だっていうのに海岸で本当に寝ようとしたし。高校受験の前は雪緒くんに告白するために絶対に第１志望に行くって決めて、中３の１学期の模試ではD判定だったうちの高校に合格したし。それから……」
　真保は、優しい面持ちで続きを紡いだ。
「今だって、どんなにつらくても雪緒くんのそばにいることを選んだじゃない」
「真保……」
「腐れ縁の付き合い、舐めないでよ?」

また得意気に笑った真保に、私は眉を寄せて微笑みを返す。

　そのあと、心から応援してくれた真保に"ワガママ"の内容を思いきって打ち明けると、彼女は呆れたように「バカだね」って呟いた。
　だけど……。
　帰り際、真保は真っ直ぐな瞳をそっと緩めて、『がんばりなさいよ』って言ってくれた。
　うまく笑えたのかどうかはわからないけど、その気持ちが本当にうれしかった。
　私が考えていることは、きっと誰もが呆れるくらいに子どもじみていて、大人から見たらバカなことだと叱られたり笑われたりするのかもしれない。
　それでも、たったひとりでも応援してくれる人がいることが、なによりも心強くて。
　自分の意志を貫きたいと、ますます強く思った。

　翌日の土曜日は、朝から雪ちゃんの家に行った。
　薬がよく効いているのか、今日はいつもよりも調子が良さそうで、すごくホッとした。
　私は、そんな雪ちゃんに寄り添うように、ベッドで横になっていた。
「渚……」
　温もりの中、不意に落ちてきたのは、私を呼ぶ優しい声。

「なぁに?」
 雪ちゃんの胸もとで埋めるようにしていた顔を上げれば、彼が小さな笑みを浮かべながら息を吐いた。
「なにを考えてるの?」
「え……?」
 きょとんとした私に、雪ちゃんは困ったように微笑む。
「昨日から、ずっと難しい顔してる。なにか考えてるんでしょ?」
 お見通しだと言わんばかりの雪ちゃんに、ごまかすように苦笑を零す。
「笑ってごまかしてもダメだよ? 渚がそんな顔してるときは、嫌な予感しかしないんだよね……」
「ひどいなぁ、雪ちゃん」
「で、なにを考えてるの?」
 たしなめるような視線に少しだけためらいながらも、再び雪ちゃんの胸もとに顔を埋めた。
「あとでちゃんと話すから、今はなにも聞かないで……。お願い……」
 小さく懇願した私を、雪ちゃんはなにも言わずに優しく抱きしめてくれた。

 雪ちゃんの家で夕食を済ませて少しすると、インターホンが鳴った。
 おじさん達にはあらかじめ話があることを告げておいたから、ふたりが来客に驚くことはなかったけど。

「……なんで？」
　雪ちゃんだけは、リビングに入ってきた３人を見てきょとんとしていた。
「私が呼んだの」
　口を開こうとしたお兄ちゃんよりも早く、はっきりとした口調で答えた。
　両親とお兄ちゃんにも事前に話があることを伝えていた私は、外出が困難な雪ちゃんの家に来てほしいとお願いしておいたんだ。
　だけど、話の"内容"はまだ誰も知らない。
「どうして？」
　そう訊いた雪ちゃんと同じように、みんなは怪訝な顔をしている。
「まぁ、とりあえず座ってもらおう」
　おじさんに促されて、お兄ちゃんはソファーに座っていた雪ちゃんの隣に腰を下ろし、両親はテーブルに着いた。
　おじさんとおばさんは、両親の向かい側に座った。
　左側にはソファー、右側にはテーブル。
　その２つに挟まれている私は、数歩下がったところで腰を下ろして正座をした。
　全員がただならぬ雰囲気を感じとったのか、部屋は静まりかえっている。
　そんな中、意を決して口を開いた。
「お願いがあります」
　喉に貼りつきそうになる声を、しっかりと出す。

両親達は、不思議そうに眉を寄せながら私を見ている。
　お兄ちゃんはなにかを察したように真剣な面持ちになって、雪ちゃんは相変わらず怪訝な顔をしていた。
　これから口にすることは、間違っているのかもしれない。
　だけど……私は、雪ちゃんと"ずっと一緒にいたい"から……。
「雪ちゃん」
　真っ直ぐな瞳を向けた私に、雪ちゃんも真っ直ぐな視線を返してくれる。
　そんな彼への想いを精一杯込めて、続く言葉を紡いだ。
「私と、結婚してください」
　言葉が部屋の空気に溶けるよりも早く、雪ちゃんが目を大きく見開いた。
　両親達を見れば、雪ちゃんと同じように驚いた表情をしていたけど、お兄ちゃんだけは真剣な顔をしたままだった。
　私は驚きを隠せない雪ちゃんをもう一度真っ直ぐに見たあと、両手を床についてゆっくりと頭を下げた。
「雪ちゃんと、結婚させてください」
　今度の言葉は両親達と、そしてお兄ちゃんに向けたもの。
　床に額がつくくらいまで頭を深く下げたまま、フローリングを見つめていた瞳を閉じた。
「お願いします」
　なにが正しいのかも、なにが間違っているのかも、私にはわからない。
　だけど……。

雪ちゃんがいない未来が訪れることに抗えないのなら、せめてその前に彼のものであった"確かな証"が欲しいと思ったんだ。
　ワガママだと叱られても、バカげていると笑われても、理解してもらえずに罵られても……。
　私は、雪ちゃんのお嫁さんになりたい。
　みんなに反対されることも覚悟の上だし、なによりも雪ちゃん自身が納得してくれないこともわかっているつもり。
　それでも、雪ちゃんの未来を、私の未来を、彼と一緒に歩んでいきたいと思うから。

「渚……。とりあえず、顔を上げなさい」
　戸惑いを含んだ沈黙を破ったのは、お父さんだった。
　唇を噛みしめながら、恐る恐る顔を上げる。
「お前はまだ、高校生なんだぞ？」
「わかってる」
「金銭的にも安定してないふたりが結婚なんて、現実的に無理だ。それに、結婚はふたりだけの問題じゃない。家族も巻きこむことになる」
「それも、わかってるよ」
「じゃあ、どうして結婚したいんだ？」
　お父さんの質問には、暗に『雪緒くんの病気が原因なんだろう』と込められていると思う。
　ただ、お父さんが私に向けた言葉達は"普通"に言われ

ても当たり前のことばかりで、その中に雪ちゃんの病気を理由に反対しているものはひとつもなかった。

お父さんは、私と向き合ってくれようとしているのかもしれない。

そう思うと、無意識のうちに強張っていた体の力がほんの少しだけ抜けた。

「そんなの、簡単だよ……」

ぽつりと呟いた言葉が、緊迫した空気を揺らす。

「雪ちゃんのことが"愛してる"なんかじゃ全然足りないくらい好きだから、雪ちゃんのお嫁さんになりたい。1秒先の未来を、雪ちゃんと一緒に歩いていきたいの」

声にした言葉には、たくさんの想いを乗せて。

そして、人生で一番の覚悟を込めて、お父さんの瞳を見つめた。

真剣で重苦しい雰囲気は、私が口にしたお願いの意味の重大さをどんな言葉よりも雄弁に物語っている。

それでも、ここで引くわけにはいかない。

雪ちゃんに"そのとき"が迫っているのなら、同時に私達の"恋の終わり"も近づいていることになるから。

もう、本当に時間がない。

だから今は、考えるよりも先に、ただ突き進むしかないんだ。

しばらく続いた、鉛のように重い沈黙。

それに終止符を打ったのは、またお父さんだった。

「それが理由なんだな？」
　私を見据えるお父さんに、大きく頷いて見せる。
　すると、お父さんはなにかを考えるように瞼を閉じた。
「そうか……」
　その直後に落とされた言葉に混じっていた小さなため息に、やっぱり反対されるんだと不安を抱いたけど……。
　再び瞼を開いたお父さんの顔つきが優しくて、思わず目を小さく見開いた。
「自分で決めた道を進みなさい」
　程なくして与えられた言葉に、きょとんとしてしまう。
　そんな私に、お父さんはシワが刻まれた目尻を下げて優しい眼差しを向けている。
「私は父親として、渚の意志を尊重してやりたいです」
　それからすぐに、雪ちゃんの両親を真っ直ぐ見つめたお父さんが穏やかな口調で言った。
「いや、でもそんな……」
「結婚なんて……」
　おじさんとおばさんは、戸惑いを見せる。
「雪緒も渚ちゃんもまだ若いし、結婚なんてそんな簡単には……」
「それに、雪緒は……」
　病気のことをほのめかしたおばさんを遮ろうと、咄嗟に口を開いたとき──。
「俺も賛成です」
　お兄ちゃんがきっぱりと言い放ち、おじさんとおばさん

を交互に見すえた。
「渚も雪緒も俺も、確かにまだ若いです。だけど……」
　真剣な顔つきのお兄ちゃんが、慎重に言葉を選んでいることがわかる。
「たぶん、親達が思ってるほど、もう子どもでもない。壁にぶつかったら、乗り越えるために必死に悩むし……」
　いつの間にか、雪ちゃんは眉間にシワを寄せていた。
　その表情から読みとれるのは、私のワガママに対する否定的な感情。
「人を真剣に愛することだって、できるんです」
　それでも、お兄ちゃんの話に耳を傾けている雪ちゃんに、小さな小さな希望くらいはある気がした。
「俺には、『渚の真っ直ぐな気持ちがよくわかる』なんて言えない。だけど、雪緒への想いの結果が"結婚"なんだと思うんです。だから……」
　お兄ちゃんは息を小さく吐いたあと、穏やかに微笑んだ。
「雪緒が渚の気持ちに応えてくれるなら、俺はふたりの結婚を応援したいと思います」
　柔らかな優しさに、胸の奥が熱くなる。
　お父さんもお兄ちゃんも、いつも私のことを子ども扱いしているのに……。
　こんなにも無謀なことを口にした私を、ちゃんとひとりの大人として見てくれている。
　それがうれしくて、少しだけ泣きそうになってしまった。
　お母さんは賛成するわけでも反対するわけでもなく、な

にも言わなかった。
　母親として賛成はしがたいけど、きっと反対することもできなかったんだと思う。
　困ったようにしながらも微笑むお母さんに、胸の奥が締めつけられるように苦しくなったけど……。
　それをグッとこらえて、顔を見合わせていた雪ちゃんの両親を真っ直ぐ見つめた。
「おじさん、おばさん……」
　戸惑いを浮かべたままのふたりが、私の方に視線を戻す。
「雪ちゃんと結婚させてください。お願いします」
　そう言ったあと、もう一度床に手をついて頭を下げた。
「渚ちゃん……」
　困ったような声音で私を呼んだおじさんは、きっとどうすればいいのかわからないんだと思う。
　私だって、自分の言動が正しいなんて思っているわけじゃないし、本当はこれからどうすればいいのかもわからないけど——。
「雪ちゃんのお嫁さんになりたいの……」
　胸に抱いているその気持ちに、嘘偽《うそいつわ》りは欠片もないから……。
「雪ちゃんのことが本当に大好きで大切だから、私は雪ちゃんと同じ未来を歩いていきたい。だから……お願いしますっ……！」
　言葉にできるすべてを声にして、ただひたむきに自分の気持ちを伝えた。

うれし涙と"確かな証"

　秒針が時を刻む。
　その音が響くたびに、こんなことをしている時間すら勿体ないと感じて、一刻も早くみんなを説得したかった。
　そんな私の気持ちを察するように、おばさんが口火を切った。
「渚ちゃん、顔を上げて」
　言われたとおりにすると、立ちあがったおばさんが私の前に来て、ゆっくりと床に膝をついた。
　その瞳には、うっすらと涙が浮かんでいる。
「雪緒のことを……こんなにも大切に想ってくれて、本当にありがとう」
　溢れる涙をこらえるように笑ったおばさんは、私の瞳を真っ直ぐ見つめながら優しく言葉を紡いだ。
　視界いっぱいに広がるおばさんは微笑みを浮かべているのに、その表情に感じたのはうれしさじゃなくて、胸を締めつけるような切なさだった。
　傷つけたのは、きっと私。
　この"ワガママ"を口にしたことで、雪ちゃんの病気が彼に与える結末をほのめかしたようなものだから……。
　だけど……。
　"ごめんなさい"と言ってしまえば、おばさんが必死にこらえている涙を零させてしまう気がして、謝罪の言葉を

口にすることはできなかった。
　おばさんは、そんな私の心に優しい笑みだけを残して、雪ちゃんに視線をやった。
「雪緒はどうしたいの？」
　おばさんの質問に、雪ちゃんは眉間にますます深いシワを刻んだ。
「……そんなの、決まってるだろ」
　次に紡がれる答えを、私はもうわかっている。
「結婚なんて……できるわけがない……」
　予想どおりの返事をくれた雪ちゃんに、私は胸の奥がほんの少しだけ痛むのを感じて。
　同時に、あまりにも彼らしい答えに、なんだかおかしくなった。
「雪ちゃん」
　雪ちゃんは、やっぱり"私の大好きな雪ちゃん"だ。
　それを感じた今、胸に抱いていた迷いが綺麗になくなった。
「結婚してください」
「渚……。いくらなんでも、結婚なんて無理だよ」
「私、生半可な気持ちじゃないよ。正直、学校をやめて働いてもいいと思ってるんだもん」
「それはっ……！」
「うん、そんなことできるわけないよね……。私だって、高校をやめるのはダメだってことくらい、ちゃんとわかってるよ」

顔色を変えた雪ちゃんの言葉を遮って、小さく笑ってみせた。
「別にね、『一緒に住もう』って言ってるわけじゃないの。経済的にも無理だし、私は学校があるからずっと雪ちゃんのそばにはいられないもん……。ただね……」
　ゆっくり、ゆっくりと息を吐いて、雪ちゃんを見つめ直す。
　雪ちゃんがさっきよりも曇った表情をしているのは、間違いなく私のせい。
　雪ちゃんもおばさんも、傷つけているのは私。
　それでも〝ワガママ〟を貫きとおそうとするなんて、どうしようもないくらい最低なんだと思う。
　だけど……。
　雪ちゃんは、私にとってなによりも誰よりも大切な存在だから、彼の一番近くにいてその笑顔を守りたい。
　私にできるのはちっぽけなことかもしれないけど、それでもどんなことだってしたい。
「〝雪ちゃんと一緒に生きてる〟って強く感じられる、確かな証が欲しい。思い出も、物も、たくさんあるけど……私、欲張りだからそれだけじゃ足りないんだ……」
　だからこそ、私はやっぱり雪ちゃんのお嫁さんになりたい。
「籍を入れるだけでいいの」
　必死に食いさがる私に、雪ちゃんは相変わらず眉を寄せたままだった。

「お願い……」
　私が諦めの悪さを見せれば見せるほど、彼のことを深く傷つけていくのかもしれない。
　誰よりもなによりも大切な雪ちゃんを傷つけるのが私なら、私は自分自身を一生許せないと思うけど……。
　それでも、これだけはどうしても引けなかった。

　重苦しい沈黙が続く。
　その間も雪ちゃんの表情は曇っていくばかりで、どうしたって彼に納得してもらうことはできないのかもしれない、なんて思った。
　誰もが沈黙を守る中、それを破るように落とされたのは雪ちゃんのため息だった。
　次に雪ちゃんが口を開いたら、さっきと同じ答えが返ってくることはわかっている。
　それなのに、それを遮る言葉も、彼を納得させられるほどの言い訳も思いつかなかった。
「渚がなにを言ったって、俺は……」
　そこまで聞いて、思わず瞼をぎゅっと閉じた。
「もう諦めろ、雪緒」
　その直後、お兄ちゃんの力強い声が響いた。
　反射的に目を開けると、お兄ちゃんは苦笑していて、そんな表情を向けられた雪ちゃんはやっぱり眉を寄せていた。
「今回は、ただの駄々じゃないぞ。渚が泣かずに自分の意

志を通そうとするときは、誰がなにを言ったって諦めないってことくらい、お前だってわかってるんだろ？　だからもう、いい加減に諦めろって」
「今回はお前の負けだよ」と付け足したお兄ちゃんが、この場に似つかわしくないほど明るくケラケラと笑った。
　味方をしてくれたことへの喜びよりも、豪快なお兄ちゃんにポカンとしてしまう。
　それは両親達も同じだったみたいで、雪ちゃん以外の全員が驚きの表情になっていたけど。
「そんなに簡単な問題じゃないだろ」
　程なくして、雪ちゃんがため息混じりに言った。
「お前が難しく考えすぎなんだよ」
「俺は普通だよ。章太郎こそ、もう少し慎重になるべきだと思うけど」
「俺だってちゃんと考えてるよ」
「だったら、もっと慎重になれよ。渚は、お前の大切な妹だろ！」
　いつものような言いあいが始まってますますポカンとしていると、今まで冗談っぽい笑みを浮かべていたお兄ちゃんが真剣な顔つきになった。
「だからだよ」
　お兄ちゃんは短く言ったあと、ため息を落とした。
「可愛い妹がつまんねぇ男のとこに嫁に行くくらいなら、お前の嫁になってくれる方が何百倍もマシだからな」
　お兄ちゃんの言葉には、雪ちゃんへの信頼とか彼を認め

ているんだって気持ちがたくさん詰まっていて……。
　思わず、うれし涙が込みあげてきそうになった。
「それに、お前と渚が結婚すれば、お前を殴れる口実ができるだろ？」
　数秒前まで真剣だった顔で、またニカッと笑う。
　そんなお兄ちゃんに、雪ちゃんの表情が少しだけ緩んだ。
「ハハッ！」
　その瞬間、僅かに柔らかくなった雰囲気をさらに和ませるように、おじさんが豪快に笑いだした。
　これにはさすがに雪ちゃんも驚いたのか、今度はきょとんとした顔になった。
「男らしくないぞ、雪緒」
　豪快に笑っていたおじさんは、雪ちゃんにそう言い放った。
「は……？」
「女の子にプロポーズをさせてどうするんだ」
「いや、プロポーズって……」
「そうじゃないか。女の子にプロポーズをさせるだけならまだしも、うじうじ悩むなんて男らしくないぞ」
「うじうじなんか……」
「充分、してるぞ？　お前が戸惑う気持ちはわからなくもないが、渚ちゃんのことを本当に大切に想ってるなら、渚ちゃんの気持ちにちゃんと応えてあげなさい」
　おじさんは、優しい笑みを浮かべた。
「父さん……」

雪ちゃんの顔が苦しげに歪んで、その瞳が私を捉えた。
　見せられた迷いも戸惑いも、私を想ってのことだってわかっているけど……。
　今は優しさや思いやりよりも、雪ちゃんのものだという確かな証が欲しい。
「雪ちゃん、好きだよ」
　両親達の前で恥ずかしげもなく想いを告げる私は、もしかしておかしいのかもしれない。
　だけど、この想いのすべてを素直に伝えたい。
　雪ちゃんは困ったように笑ったあと、息を吐いてソファーから体をずらしはじめ、お兄ちゃんの手を借りて床に移動した。
　真剣な眼差しが、私を包みこむ。
「渚」
「はい」
　思わず背筋を伸ばした私に合わせるように、雪ちゃんは正座をして姿勢を正した。
　今の雪ちゃんの体にとってはその体勢は厳しいはずなのに、つらそうな素振りを少しも見せない彼はやっぱり強い。
　そんなことを考えていると、雪ちゃんが柔らかい微笑みを零した。
「俺のお嫁さんになってください」
　その言葉に目を大きく見開いた直後、一気に涙が溢れてきて……。
　それをごまかすように唇を結び、必死に笑顔で隠そうと

した。
　へたくそな笑顔を見せる私に、雪ちゃんは優しい笑みを向けてくれる。
　ただそれだけのことなのに、言葉にできないほどの幸せを感じた。
「俺も、渚のことが好きだよ」
　表情と同じ優しい声音と、なによりもうれしい愛の言葉。
　何度も聞いたはずだったのに、今までで一番心に沁みた。
　そんな私を余所に、不意に真剣な顔つきになった雪ちゃんが息を小さく吐いた。
「未熟者ですが、渚を想う気持ちは誰にも負けません。だから、渚と結婚させてください」
　そして、雪ちゃんは両親達を真っ直ぐに見つめながら言ったあと、頭を深く下げた。
「はい」
「ふつつかな娘ですが、よろしくお願いします」
　短く返事をしたのはお父さんで、そう言ったのはお母さん。
「こら、雪緒！　俺にも頭下げやがれ」
　偉そうに言い放ったのは、もちろんお兄ちゃん。
　それから、お兄ちゃんはうれし涙をこらえている私に気づいて、苦笑を漏らした。
「渚。うれし涙は、別だと思うぞ？」
　なんのことだかわかっていない両親達は、不思議そうにしていたけど……。

お兄ちゃんと同じように苦笑した雪ちゃんが頷いてくれたから、両親達を気にする余裕もなく瞳から涙を零してしまった。
　久しぶりに流した涙は、唇に触れてもしょっぱくなかった。
　うれしさと幸せいっぱいの心の中では、ほんの少しの不安と切なさも燻っていたけど……。
　今だけはそのことに気づかないフリをして、雪ちゃんに抱きついた。
　両親達の前だからか、雪ちゃんは遠慮がちに背中を撫でてくれただけだった。
　それでも伝わってくる温もりに、夢じゃないことを強く実感する。
「あ……りがと……っ……！」
　雪ちゃんに、お兄ちゃんに、両親達に。
　精一杯の感謝の気持ちを込めた言葉は、涙が邪魔をしてうまく言えなかった。
　だけど……。
　みんな、笑っていて。
　私のすべてを受け止めるように、雪ちゃんが手を握ってくれて。
　残酷な未来に向かって歩く私達に、ほんの微かな光が射した気がした。

　"確かな証"の重さを、大切な人と一緒に生きていくこと

の幸せを、しっかりと噛みしめる。
　私達に残された時間はあまりにも少なすぎて、雪ちゃんと一緒に過ごせる時間は一瞬だって無駄にはできない。
　そう思うと、この幸せを掻き消されてしまうくらい、怖くて怖くてたまらない。
　でもね、雪ちゃん……。
　私達、これで"ずっと一緒"だよ……。

Scene 7
雪待月の頃

薬指への予約と同罪

　それから数日が経った、11月下旬。
　雪ちゃんはとうとうベッドから下りることも難しくなって、トイレと数日おきのお風呂以外で、彼が起きあがることはなくなってしまった。

　雪ちゃんの容態が一気に悪化したのは、私の"ワガママ"を受け入れてくれた直後のことだった。
　あの翌々日の月曜日、昼間のうちに婚姻届を取りにいってくれたおばさんからそれを受け取って、お兄ちゃんや両親達が見守ってくれる中で、私と雪ちゃんは書類に必要事項を記入した。
　そのときはまだ、結婚するんだっていう実感は湧かなかったけど、その日のうちに婚姻届を提出しにいって、役場の窓口で『おめでとうございます』って言われたときにはこの結婚が現実味を帯びて、自分が雪ちゃんのものだという"確かな証"を手に入れられたことを、改めて実感した。
　その夜はもちろん、雪ちゃんの家でお祝いだった。
　入籍しただけの私達は、指輪も誓いの言葉も交わすことはできなかったけど……。
　みんなにお祝いをしてもらえることに喜びを感じて、雪ちゃんのお嫁さんになれたことに言葉にできないくらいの

多幸感を抱いていた。
　事情を知っている真保も駆けつけてくれて、賑やかで穏やかな夜を過ごした。
　温かくて優しいそのときは、これから待ちうけている運命を忘れてしまいそうになるくらい幸せだった。

　だけど、現実はやっぱりそう甘くはない。
　婚姻届を提出した翌日、雪ちゃんはおじさんに支えられてリビングに移動する途中で、意識を失った。
　数分もしないうちに目を覚ましたものの、今度は記憶が混濁していて……。
　そのときから、それは症状のひとつとして度々出るようになってしまった。
　雪ちゃんは、私やおじさん達のこともわからなくなることがあって、そのときは彼の記憶が鮮明になるまで不安でたまらなかった——。

「おかえりなさい」
　今日も学校帰りに雪ちゃんの家に寄った私を、おばさんは笑顔で迎え入れてくれた。
「ただいま。雪ちゃんの体調はどう？」
　婚姻届を出した翌日から交わすようになった言葉にはまだ慣れなくて、なんだか少しだけくすぐったい。
「今日は調子がいいみたいよ。意識もはっきりしてるわ」
「良かった……」

「早く部屋に行ってあげて。渚ちゃんのこと、ずっと待ってたから」
　意味深に微笑むおばさんに、小首をかしげる。
　おばさんはどこか楽しげに笑っているだけで、それ以上はなにも言わなかった。

「雪ちゃん？」
「入っておいで」
　襖越しに声をかけた私に返ってきたのは、明るさを含んだ優しい声。
　最近ではあまり聞くことがなかった声音に、すごくうれしくなった。
「ただいま」
「おかえり」
　自然と満面の笑みで雪ちゃんに抱きついた私を、彼は優しく抱き留めてくれた。
　思わずフフッと漏れる笑い声につられるように、雪ちゃんもくすぐったそうに笑った。
「ねぇ、渚」
　笑顔で顔を上げると、返ってきたのは優しい笑み。
　その瞬間、胸の奥がキュンと鳴った。
「プレゼントがあるんだ」
「え？」
　ベッドの中をゴソゴソと漁った雪ちゃんの手には、小さな箱。

ひと目見ただけで、なにが入っているのかわかってしまった。
「受け取ってくれる？」
　言葉にならない声を出す前に、こくこくと頷く。
　口を開くよりも先に零れたのは、ひと筋の温もり。
　雪ちゃんは優しく微笑みながら、親指で私の涙をそっと拭ってくれた。
「うれし涙だから許すけど、あんまり泣かないで？　襲いたくなるから」
　冗談めかして言った彼が、首をかしげながらイタズラっぽい笑いを浮かべた。
「結婚式どころか、今の俺じゃなにもしてあげられないけど……」
　箱を開けた雪ちゃんが、中からリングを取り出す。
「渚を想う気持ちは、誰よりも負けないつもりだよ。俺はたぶん、渚が俺を想ってくれてるよりもずっと、渚のことが好きだと思う」
　うれし涙を許してもらった私の瞳からは、ポロポロと雫が零れ落ちていく。
「渚はいつだって俺に余裕があるって思ってるだろうけど、本当はずっとドキドキさせられてばかりだし、渚の前だと余裕なんてないんだ」
　雪ちゃんの頬は、ほんのりと赤く染まっていて少しだけ照れ臭そうにも見えるけど。
「だから、渚がプロポーズをしてくれたとき、本当は泣き

そうなくらいうれしかったよ」

　向けられている眼差しはすごく幸せそうなもので、彼の心の中にある気持ちをちゃんと伝えようとしてくれているんだってことがわかる。

「俺のそばにいてくれて、ありがとう。渚が笑ってくれるたびに、俺は本当に幸せな気持ちになれる」

　真っ直ぐに語られていく想いが、私の胸を震わせた。

「雪ちゃん……」

「好きだよ、渚。言葉なんかにはできないくらい、渚のことが大切なんだ」

　これ以上ないくらい優しく紡がれた言葉達に、ますます涙が止まらなくなる。

　そんな私の左手を持ちあげた雪ちゃんが、薬指にそっとリングをつけてくれた。

　細いシルバーリングの真ん中には、透明な宝石。

「これって……」

　思わず呟いた私に、雪ちゃんは瞳を細めた。

「一応、ダイヤモンドだよ」

「雪ちゃん……」

「誕生日のときに、渚の左手の薬指は予約しておいたからね。順番が逆になっちゃったし安物だけど、一応エンゲージリングってことで」

　雪ちゃんが珍しく早口だったのは、照れ隠しだったのかもしれない。

　薬指でキラキラと輝いている一粒(ひとつぶ)ダイヤは、今まで見て

きたどんな物よりも綺麗に見えた。
「ありがとう……」
　絞り出した声で小さく零すと、雪ちゃんが私の左手の甲にキスを落とした。
「どういたしまして」
　顔を上げた彼は、幸せだと言わんばかりに柔らかい笑みを浮かべていた。

　ネットでみつけて購入してくれたリングのサイズは、私の薬指にぴったりだった。
「ぴったりなんてすごいね。さすが雪ちゃん！」
　すっかり涙が止まった私は、ベッドに横になった雪ちゃんに笑顔を向ける。
「何号かわからなかったから、一か八かで選んだんだけどね」
「えっ、そうなの？」
「いくら渚のことでも、男の俺が指輪のサイズなんてわかるわけないでしょ。実物を見て買えるわけじゃないから、サイズが合わなかったらどうしようかと思ったよ」
　それなのにぴったりだったことが、なんだか運命みたいに思えた。
　雪ちゃんに甘えるように、彼の隣で横になる。
　抱きしめられながらリングを眺めていた私は、ふと頭に浮かんだ疑問を口にした。
「雪ちゃんはつけないの？」

エンゲージリングをもらえたことは、本当にうれしくて幸せだけど……。
　結婚したんだからどうせならマリッジリングでも良かったのに、なんて思ってしまう。
　やっぱり、お揃いの方がうれしいから。
　雪ちゃんの答えを待っていると、彼が困ったように笑った。
「俺は、指輪なんてつけるガラじゃないからね。それに言ったでしょ、それはエンゲージリングだって」
　胸の奥が鈍く痛んだのは、雪ちゃんがどこか泣きそうに見えたから。
　彼が傷ついた顔を隠すように笑ったことに気づけないほど、私は鈍感じゃないけど……。
　向けられた微笑みに、どんな言葉を返せばいいのかがわからない。
　雪ちゃんがあえて、マリッジリングじゃなくてエンゲージリングを選んだのは、これ以上〝お揃いの物〟を増やしたくなかったからなのかもしれない。
　そんなふうに思ってしまったせいで、幸せを与えてくれたリングがすごく寂しげに見えて——。
「雪ちゃん……」
　私は考えるよりも先に、口を開いていた。
「買おうよ、結婚指輪」
「え?」
　一瞬だけ目を見開いた雪ちゃんが、困惑の表情を浮かべ

る。
「だって、せっかく結婚したんだよ？　安物でもオモチャでもいいから、"ふたりにとってマリッジリングになる物"を買おうよ」
　困ったように眉を寄せる雪ちゃんの唇に、自分のそれをそっと重ねる。
「ね？」
　それから小首をかしげて雪ちゃんを見つめると、彼はため息混じりの苦笑を零した。
「その顔はずるいな……」
　困ったように微笑む雪ちゃんが幸せそうに見えたのは、きっと気のせいなんかじゃないって思った。
「買いにいこうか」
「え……？」
　独り言のように呟いた雪ちゃんに小首をかしげると、彼は柔らかい笑みを浮かべた。
「マリッジリング」
「うんっ!!」
　すかさず勢いよく頷いた私に、雪ちゃんがクスッと笑った。
「言っておくけど、本当に安物しか買えないよ」
「値段なんて関係ないよ！　雪ちゃんとお揃いでつけることに意味があるんだもん！」
　息もつかずに力説すると、彼はうれしそうに瞳を細めた。
「じゃあ、明後日は土曜だし、病院の帰りに買いにいこうか。

あとで母さんに頼んでおくよ」
　優しいキスをくれた雪ちゃんに、笑顔で大きく頷く。
　私達にとってマリッジリングになる物なら、どんなに安物だって構わない。
　そこにふたりの気持ちが伴っていれば、私にとってはどんな高価なリングよりも価値のある物になるから。
　うれしさと、ほんの少しの切なさ。
　そんな気持ちを抱えながらカレンダーに視線をやったとき、ふと大切なことに気づいた。
「もうすぐ、雪ちゃんの誕生日だね！」
「そうだね……」
　指折り数えるような気持ちで雪ちゃんを見た私に、彼はほんの少しだけ寂しさを覗かせながら頷いた。
　瞬間、その表情の意味を察して、ハッとした。
　雪ちゃんの誕生日まで、あと１週間。
　だけど……。
　雪ちゃんにとっては、たったの１週間後の自分でさえ、想像できないのかもしれない。
　自分がなにげなく口にした言葉で彼を傷つけたのに、すぐに謝ることはできなかった。
　だって……謝ってしまえば、雪ちゃんのことをもっと傷つけてしまう気がしたから。
「そういえばさ、去年の誕生日には手編みのマフラーくれたよね」
　胸の痛みをこらえながら俯いていると、不意に雪ちゃん

が寂しさを纏った雰囲気を変えるように言った。
「編み物なんてできないくせに、がんばって作ってくれたんだよね。穴だらけのマフラー」
　懐かしむように瞳を細めた雪ちゃんが、私をからかうようにクスクスと笑う。
「だって、すごく難しかったんだもん！　お母さんがいつも簡単そうに編んでたから、もっとすぐにできると思ってたのに……」
「渚って不器用なくせに、無謀な挑戦するよね。まぁそういうところも可愛いんだけどさ」
　言い訳を口にした私に、雪ちゃんが微笑みを向ける。
　その瞬間、胸の奥がキュンと甘く鳴って、どうしようもなく愛おしく感じた雪ちゃんにぎゅっと抱きついた。
　抱きしめ返してくれた雪ちゃんの体温を感じていると、彼の手が私の背中を優しく這いはじめた。
「雪ちゃん、くすぐったいよ……」
「……くすぐったいだけ？」
　体を離してイタズラな笑みを浮かべる雪ちゃんに、頬が熱を帯びていく。
「もう……」
「渚がスイッチ入れるからだよ」
「やだ、入れてないもん……」
　胸を這う手を制する私を見て、雪ちゃんがイタズラっ子のようにクスクスと笑う。
「そのわりには力が入ってないけど？」

直後に首筋に唇を寄せられたから、思わず体がビクリと震えてしまった。
「本当にダメだよ……」
「どうして？」
　力が抜けていくのを感じながらも訴えると、雪ちゃんが首をかしげた。
「だって、リビングにおばさんが……」
　言い訳を口にしつつも、与えられる甘い刺激に体が震える。
「それが理由？」
　こくこくと頷いて見せると、雪ちゃんは何食わぬ顔で制服の中に手を滑りこませた。
「ちょっ……！」
　慌てた私に、彼が喉の奥でクッと笑う。
「大丈夫。母さんなら、さっき買い物に行ったよ。指輪のことを話したら、今日はふたりきりにしてくれるってさ」
　いつの間におばさんが出掛けたのかはわからなかったけど、雪ちゃんが確信犯なんだってことにはすぐに気づいた。
「私のこと、からかったの!?」
「そう見える？」
「だって、私はおばさんがいると思ったから……」
「でも、いないんだからいいよね？」
　うれしいのに照れ臭くて、雪ちゃんを真っ直ぐ見ることができない。
「……ダメ？」

「ダメ、じゃないけど……」
「じゃあ、もう黙って？　甘い声、聞かせてよ」
　雪ちゃんは誘惑を孕んだ声音で甘く囁いたあと、私の唇をそっと塞いだ。
　絡まる体が熱を帯びて、ベッドの中にはふたり分の熱がこもっていた。
　与えられる甘い刺激に打ちふるえる体が、雪ちゃんを求める。
　だけど……。
　雪ちゃんはいつの間にかつらそうにしていて、不意に不安になってしまった。
「雪ちゃん、つらいんでしょ？」
　呼吸を整えながら尋ねた私に、小さな笑みが返ってくる。
「平気……」
「でも、苦しそうだよ……？」
「ちょっと興奮してるだけだよ」
　おどけたように笑った雪ちゃんに胸の奥がキュンとするのを感じながらも、どうしても彼の言葉を信じることができなかった。
「雪ちゃん、横になって」
「え……？」
　きょとんとする雪ちゃんに笑顔を向け、彼の下から抜け出す。
　私は、不思議そうにしたままの雪ちゃんの上にそっと乗って、彼の唇にゆっくりとキスを落とした。

「今日は、私が……」
　平静を装う私がドキドキしていることを、雪ちゃんは見透かすように瞳を緩めた。
「大胆な渚もいいね。でもそんなセリフ、誰に教えてもらったの？」
「意地悪……。私には雪ちゃんしかいないこと、知ってるくせに」
　意地悪な雪ちゃんに、思わず眉を下げて唇を尖らせた。
　雪ちゃんの温もりを感じられるのは、あとどのくらいなんだろう。
　そんなことを考えたせいなのか、楽しげに笑う彼に胸の奥が締めつけられた。
「ねぇ、雪ちゃん……」
「ん？」
　それは、今まで一度も口にしたことはなかったけど、ずっと前から考えていたこと。
　プロポーズをしたときには、ぼんやりとしか頭になかった。
　だって、雪ちゃんのお嫁さんになれるだけで充分幸せだと思っていたから。
　だけど、私達に残された時間を突きつけられるような日々を重ねながら不安がどんどん大きくなって、気がつけば強く願うようになってしまった。
「このままシチャおっか？」
　決して、冗談なんかじゃない。

「え……?」
　目を見開いた雪ちゃんの隙を突くように、深いキスをする。
「バカッ、なぎっ……!」
　そして、慌てて唇を離した彼の制止を振り払うように、強引に体を重ねた。
「渚、やめろっ……!」
　なにかをこらえるように眉根を寄せた雪ちゃんに、首を横に振る。
「雪ちゃんの……子どもが欲しいの……」
　こんなやり方は卑怯(ひきょう)だってことは、よくわかっている。
　だけど……。
　どうしても、雪ちゃんの子どもが欲しいと思った。
「頼むから……っ、離れろって……」
　顔を歪ませながらも私の体を必死に退けようとするのは、きっと私よりもずっと私のことを想ってくれているから。
　それなのに、私はその気持ちを踏みにじってでも、雪ちゃんの子どもが欲しいと思ったんだ。
「雪ちゃん、ごめんなさい……。ごめんなさい、ごめんなさいっ……!」
　100万回謝ってでも、それでも許されなくても——。
「渚……っ、頼むから離れろっ……!」
　雪ちゃんのこのお願いだけは、聞き入れられないと思った。

だって……。
　雪ちゃんと出会ってからずっと彼がすべてだった私は、もう雪ちゃんのいない世界を思い出せない。
　雪ちゃんの温もりを失くして生きていくことなんてできそうにないから、せめて彼の子どもが欲しいと思った。
　こんな気持ちで子どもを欲するなんて最低だってことは、わかっている。
　だけど……。
　雪ちゃんに恨まれたとしても、世間から後ろ指を差されてしまうとしても、彼の子どもが欲しい。
「ごめん……。ごめんね、雪ちゃん……。でも……」
　きっと謝っても許されないことで、もしかしたらモラルに反することなのかもしれないけど――。
「好き、だよ……。愛……してるの……。だから……雪ちゃんの子どもが欲しい……」
　その気持ちだけは嘘じゃないから、それだけはわかってほしい。
　雪ちゃんのいない残酷な世界を生きていくために、その糧になる温もりが欲しい。
　それがダメだって言うのなら、いっそこのままふたりで溶けて消えてしまいたい……。

　雪ちゃんのことを、ひどく傷つけたかもしれない。
　本当に最低だ、って思う。
　それでも、私は体力が低下した雪ちゃんに付けこんで、

最後まで彼から離れなかった。
「ごめん、なさい……」
　息を切らせながら、雪ちゃんの上にゆっくりと倒れこむ。
「ごめんね……。ごめんなさい……」
「バカ……。でも……」
　しばらく黙っていた雪ちゃんは、何度も謝罪の言葉を口にする私の耳もとに唇を寄せて呟いたあと、続けて優しい声でこう囁いた。
「俺も好きだよ……。愛してる……」
　私を責めない雪ちゃんは、やっぱり優しい。
　だけど今は、その優しさが心に沁みて胸の奥が軋むように痛んだ。
「怒らないの……？」
　顔を上げて小さく尋ねると、雪ちゃんが眉を寄せて自嘲気味に笑った。
「渚がしたことは、すごく浅はかだと思う。でも……俺に、渚を責める権利なんてないよ……。だって……」
　話しながら頭を撫でてくれる手からは、大好きな温もりが伝わってくる。
「うれしいと思ってしまった俺も、同罪だから……」
　それに甘えていた私に与えられたのは、痛いくらいの愛だった。
　また謝れば、後悔していることになる気がして、声にしてしまいそうだった謝罪を胸の内に押しこめた。
　代わりに満面に笑みを浮かべて、雪ちゃんを見つめなが

ら口を開いた。
「雪ちゃん、だーい好き！」
『ずーっと一緒にいてね』
　お決まりのセリフだった"ずっと"はもう叶わないから、そのあとに続く言葉は喉もとで飲みこんだ。
「そんなの知ってるよ。俺も渚が好きなんだから」
　程なくして返ってきたのは、いつもの返事。
　少しだけ困ったようにしながらも微笑む雪ちゃんの唇にキスをしながら、このまま時間が止まればいいのに、なんて本気で思っていたんだ——。

最後の約束

　翌日の金曜日も、いつものように学校が終わってから雪ちゃんの家に行って、彼と一緒に過ごすつもりだった。
　だけど……。
　昼休みに掛かってきた１本の電話によって、描いていたそれは打ちくだかれてしまった。
『それで……入院することになったの……』
　今朝、意識を失った雪ちゃんが、地元の病院に救急車で運ばれたこと。
　そして、雪ちゃんはまだ目を覚まさなくて、入院することになったこと。
　おばさんに電話口で説明された内容は理解できなかったけど、心臓がバクバクと脈打ちはじめ、スマホを持つ手が震えだした。
　教室の中は賑やかなのに、私だけ真っ暗な世界に突き落とされてしまった気がした。
「渚？」
　目の前にいた真保が、私の様子を窺うように眉を寄せる。
「電話、雪緒くんのおばさんからなんでしょ？　どうかしたの？」
「ゆ、きちゃ……」
　質問に答えようにも、唇がうまく動かせない。
『渚ちゃん、大丈夫？』

電話口のおばさんの声にも返事ができないままで、座っているのに自由が効かない体はガクガクと震えた。
　すると、そんな私の手からスマホを抜き取った真保が、私の代わりに話しはじめた。
　真保がなにを話していたのかは、よくわからなかった。
　ただ、体が急激に冷えていくのを感じて、体温が奪われていくのを止めるように両手で自分の体を抱きしめた。
「渚、すぐに病院に行きなよ！　私も一緒に行ってあげるから」
　言いながらテキパキと支度をする真保に反して、私はその場から動くことができなくて……。
　ふたり分のカバンを持った彼女に腕を引っ張られるまで、体を震わせたまま呆然としていた。
「ほら、早く！」
　大声を出した真保に教室にいた生徒達の視線が集まったのを感じた直後、彼女に引っ張られて教室をあとにした。

　校門まで行くと、見慣れた車が停まっていた。
「渚！」
　車から出てきたお兄ちゃんが、真保を見てすべてを察したように小さく笑う。
「真保ちゃん、サンキューな。でも、あとは俺が連れていくから、真保ちゃんは教室に戻りな」
　真保は眉を寄せながらも頷いて、お兄ちゃんに私のバッグを渡した。

「渚、雪緒くんは大丈夫だよ！　だって、明日は指輪を買いにいくんでしょ!?」

おばさんから電話が掛かってくる前に、笑顔で話していたマリッジリングのこと。

今はそれどころじゃなかったけど、淡い希望に縋りたくて小さく頷いた。

お兄ちゃんにも、おばさんから連絡があったみたい。

だけど、頭が理解できたのは最初に告げられたそのことだけで、あとはお兄ちゃんになにを言われても耳をすりぬけていった。

病院に着くまで、どんな話をしたのかはよく覚えていない。

ただ、お兄ちゃんが私に必死になにか言っていたことだけは、なんとなくわかった。

小高い場所にある地元の病院からは、いつもの海岸がよく見える。

こんな状況なのに、煌めく海の美しさはいつもと変わらなくて。

駐車場に停めた車から降りたとき、太陽の光を浴びている海がすごく綺麗だって思った。

お兄ちゃんに連れられて病室に行くと、最初に視界に入ってきたのはおじさんとおばさんだった。

個室のベッド脇に立っていたふたりは、私達を見てどこかホッとしたように笑った。

その瞬間、まだ雪ちゃんの容態がわからなかったにもかかわらず、心の中にはなぜか安堵感が広がった。
「な、ぎさ……？」
　雪ちゃんの声が聞こえたのは、その直後のこと。
　腕には点滴のチューブが繋がっていて、声音は弱々しかったけど——。
「学校、早退したの……？」
　いつもと変わらない優しい口調に、全身の力が抜けてしまいそうなほどホッとした。
「午後は自習だったし、平気だよ」
　雪ちゃんが苦しげに歪めていた表情に申し訳なさを浮かべたから、私はすぐに笑みを繕って嘘をついた。
　彼が病気になってから、嘘をつくのがうまくなったのかもしれない。
　考えるよりも先に口をついていた言葉に、内心では少しだけ驚いていた。
「大丈夫か？」
　私の後ろにいたお兄ちゃんが、雪ちゃんの顔を覗きこんだ。
「章太郎も来てくれたのか……」
「相変わらず、渚しか見えてねぇんだな」
　お兄ちゃんは、どこか安心したように苦笑した。
「父さんも章太郎も、仕事に戻ってよ……。俺は大丈夫だから……」
　雪ちゃんの口調は弱々しいままで、顔色だってすごく悪

い。
　どう見ても大丈夫そうじゃないのに、雪ちゃんはいつものように周りへの気遣いを見せた。
「わかったよ」
　雪ちゃんの気持ちを汲みとるように頷いたお兄ちゃんが、私を見ながら小さく笑った。
「お前はどうせここにいるんだろ？　仕事が終わったら、また迎えにくるから」
「うん……」
　お兄ちゃんは雪ちゃんにも笑みを向けたあと、おじさん達に頭を下げて病室から出ていった。

　それからしばらくは病室にいたおじさんも、結局は雪ちゃんに急かされて職場に戻ることにした。
　入院の準備をしなきゃいけないおばさんも、一度帰宅することになった。
「できるだけ早く戻ってくるけど、なにかあったら連絡してね」
　病室の前でふたりを送りだすとき、おばさんは不安げな面持ちをしていた。
　その表情からは、医師からなにを告げられたのかが安易に想像できる。
「うん、すぐに連絡するから」
　小さく笑ってしっかりと頷いた私は、病室から遠ざかっていくふたりの背中を見つめながら、涙が零れないように

唇を強く噛みしめた。

　零れそうになる涙を必死にこらえて、口角を精一杯上げてから病室に戻ると、雪ちゃんは窓の外をぼんやりと眺めていた。
「なに見てるの？」
「海……が見たかったんだけどね」
　窓の向こうに視線をやったけど、見えるのは山だけ。
「海は反対側なんだね……。残念だね、今日はすごく綺麗だったのに……」
「今日はいい天気だからね」
「うん、だからかな？　いつもよりね、海が透きとおってる気がしたの」
「そっか」
　残念そうに笑った雪ちゃんは、ベッド脇の椅子に座った私の手を握った。
「渚……」
「なぁに？」
「海ってさ、毎日色が変わるんだよ。知ってた？」
　雪ちゃんは、まるで子どもが友達に新しい発見を教えるときのように、どこか楽しげな表情をしている。
「ううん、知らない」
　首を横に振ると、彼が少しだけ得意気な笑みを浮かべた。
「海の色って、水質とか深さとか天候とか……それから、海底の色なんかでも変わるんだってさ。特に天候の影響は

大きいらしくて、同じ場所でも季節や時間帯でまったく違う色に見えたりするらしいよ」
　ゆっくりと話した雪ちゃんは、寂しげな笑顔を見せた。
「俺はね、この世に同じ風景はないと思うんだ。例えば、空や風が動きを見せるように、毎日見てる景色だって気づかないくらいの小さな変化があるんだと思う」
　海の話から規模が大きくなったことに小首をかしげながらも、雪ちゃんを見つめたまま口を開く。
「いつもの海岸も？」
「うん。だって、似たような雲が流れることはあっても、まったく同じ雲ってないでしょ？」
「じゃあ、昨日と同じだと思ってる景色だって、本当はどこか違うところがあるってこと？」
「うん、そういうこと」
　雪ちゃんは、よくできましたと言わんばかりに笑った。
　ふと、雪ちゃんの肩が小さく上下していることと、彼の呼吸が荒くなりはじめていることに気づく。
「雪ちゃん、苦しいんでしょ？　ちょっと休もうよ」
　眉を寄せて制する私に、雪ちゃんがごまかすような笑みを向けた。
「今日、渚が見た海よりも、明日の海はもっと綺麗かもしれない……。ときには曇った日のどんよりとした海も、雨が止んだあとの少しだけ濁った海を見ることもあると思うけどね……」
　雪ちゃんは苦しげに息を吐きながらも、話をやめる素振

りはなくて。
　そんな彼がなにを言おうとしているのか、私はなんとなく察してしまった。
「だけど、どんなときに見る海も、きっと全部"初めて見る景色"だと思うから……。渚はこれからも、たくさんの新しい景色を見ていくんだ……」
　"渚は"って言葉が強調された気がするのは、気のせいだと思いたかった。
「だから、そのためにも……」
　それなのに——。
「なにがあっても、自分から"生きること"を諦めちゃダメだよ」
　気のせいじゃないってことを思い知らせるように、雪ちゃんが真剣な面持ちで静かに告げた。
「……っ！」
　咄嗟に唇を噛みしめた私に向けられたのは、残酷なくらいに優しすぎる笑顔だった。
　泣くな、泣くな、泣くな……。
　私はいつかみたいに泣かないでいるだけで精一杯で、声を出すことすらできない。
　雪ちゃんは右手でそんな私の右手を強く握ったまま、もう片方の手を差し出した。
　そして、指をゆっくりと折っていく。
　小指だけを立てた左手を差し出した雪ちゃんが、今にも泣きそうなほどに顔を歪めながら笑った。

「これが、"最後の約束"だから」
　もう、涙をこらえることはできなかった。
　気づいたときには、溢れ出した雫が頰を滑り落ちていた。
　雪ちゃんの前だけでは泣かないって決めていたのに、彼との約束を破ってしまった。
　だけど——。
「渚……。お願いだから、約束して……」
　それを咎めようとはしない雪ちゃんが、"泣かない約束"にもう意味がないことをほのめかしているように見える。
　それでも、彼には笑顔を見せていたくて、震える唇でゆっくりと弧を描く。
　雪ちゃんとの約束は守れなかったけど、プロポーズをしたときに立てた私の中の誓いも、彼がエンゲージリングをくれたときの言葉も、決して忘れたわけじゃない。
　だから、私は全力で笑ってみせる。
　これ以上、私に現実を突きつけないで……。
　声にはできないそんな悲しい気持ちを、心の奥底に隠して。
「やっ……やだなー！　なに言ってるの、雪ちゃん！」
　おどけたように明るく言って、精一杯の笑顔を作る。
「私がすっごく甘えん坊なことは、雪ちゃんが一番よく知ってるじゃない。こんなに甘えん坊な私が、そんなことできるわけないでしょ？」
　強がりでも嘘でも、なんでも良かった。
　不安げな雪ちゃんが、安心してくれるのなら……。

傷ついてばかりの優しい彼の心を、ほんの少しでも守れるのなら……。
　今は、それだけでいい。
「そうだね……」
「うん」
　声が震えそうなことは、いつの間にか繕うことが得意になった笑顔で隠して。
「大丈夫だよ。私はこれからもたくさんの新しい景色を見ていく、って約束するから……。だから、心配しないで」
　今にも拒絶を見せそうな左手の小指を差し出し、雪ちゃんの左手の小指にゆっくりと絡めた。
　窓から射しこむ光が、白い部屋を柔らかく照らす。
　絡んだ２本の小指が震えていたのは、どちらのせいかわからなかったけど、それには気づかないフリをして……。
　私は、流れる雫を止める術をみつけられないまま、それでも雪ちゃんのためだけに笑みを浮かべ続けた。
「渚……」
　呼びかけに目を瞬かせて応えれば、雪ちゃんは眉を寄せながら微笑んでいた。
　見慣れた優しい瞳には、今にも零れ落ちてしまいそうなほどの大粒の涙が浮かんでいる。
「ごめん……」
　その〝ごめん〟の意味を問う暇もなく、雪ちゃんは瞼を閉じてしまった。
　その瞬間に心臓が跳ねあがったけど、すぐに聞こえてき

た寝息に胸を撫でおろす。
　だけど……。
　雪ちゃんに見られていないことでとうとう我慢ができなくなって、触れる程度に絡まったままの小指を離すこともできずに声を押し殺して泣き続けた。

　脳裏に浮かんだのは、さっき見た綺麗な海。
　たとえ、あの景色よりももっと綺麗なものを見られたとしても、雪ちゃんがいないのならきっとなんの価値もない。
「嫌だよ、雪ちゃん……」
　雪ちゃんの頬を伝うひと雫の涙が、涙混じりに呟いた私をたしなめているように見えた──。

記憶の中の確かな愛

　翌日は雲ひとつない快晴で、秋が終わるとは思えないほどの暖かい日だった。
「お兄ちゃん、ちょっと停めてくれる?」
「どうした?」
　不意にお願いをした私に、お兄ちゃんは不思議そうにしながらも車を停めてくれた。
「写真を撮ろうと思って。雪ちゃん、海を見たがってたから」
　小さな笑みを残して車から降り、歩き慣れた階段を使っていつもの海岸に足を踏み入れた。
　太陽の光が反射して、海面がキラキラと輝いている。
　眩しさに目を細めながらスマホで写真を何枚か撮ったあと、海風に押されるようにして車に戻った。
「さっき、おばさんに電話したんだろ? 雪緒、どうだって?」
「今朝早くに一度だけ目を覚ましたきり、また眠ってるって」
　瞳を伏せて答えると、お兄ちゃんがため息をついた。

　昨日は、あれから雪ちゃんが目を覚ますことはなかった。
　それどころか、おばさんが戻ってきた直後に昏睡状態に陥ったほどで、処置を施される雪ちゃんを目の当たりにして涙が止まらなかった。

私が何度呼びかけても、夜になって病院に来たお兄ちゃんがわざとらしいくらいに憎まれ口を叩いても。
　雪ちゃんは、まったく反応してくれなかった。
　ずっと雪ちゃんに付き添っていたおじさん達に促され、私は深夜にお兄ちゃんに連れられて帰宅したけど……。
　居ても立ってもいられなくて、まだ朝の6時だっていうのに病院に行くことに決めた。
　心配したお父さんが、お兄ちゃんに仕事を休んで私に付き添うように言ってくれて、お母さんもあとから病院に行くって言っていた。
　まだ数時間しか離れていないのに、雪ちゃんがこのまま目を覚まさないかもしれないと思うと、とにかく怖くてたまらない。
　瞳に映るすべての景色が、曇り空のように淀んで見えた。

　不安を抱えながら着いた病室には、まだ眠ったままの雪ちゃんとおじさん達がいた。
「もう、来てくれたのか……」
「ありがとう、渚ちゃん、章太郎くん」
　ふたりともすっかり疲れきった顔をしながらも、優しく笑ってくれた。
　おばさんの笑顔はやっぱり雪ちゃんとよく似ていて、なんだか泣きたくなってしまう。
「いえ……。雪緒、どうですか？」
「さっきね、また目を覚ましたのよ。よかったら、こっち

に座って話しかけてあげて」
　私は優しく微笑むおばさんに必死に笑みを返しながら頷いたあと、ベッド脇のパイプ椅子に腰かけた。
「雪ちゃん……」
　酸素マスクをした雪ちゃんの手を握って、囁くように呼びかけてみる。
　たくさんの機械に繋がれた雪ちゃんの姿は、容態の悪さをどんな言葉よりも雄弁に物語っている。
「雪ちゃん……あのね……」
　話したいことがたくさんあるのに言葉はちっとも出てこなくて、代わりに溢れ出した涙が簡単に零れ落ちていく。
「ゆ、きちゃ……」
　それでも声を振り絞って呼びかけると、握っていた雪ちゃんの手がピクリと動いた。
「雪ちゃん……？」
　私が慌てて涙を拭って雪ちゃんの顔を覗きこむと、お兄ちゃん達も弾かれたようにベッドを覗きこんだ。
　うっすらと瞼を開けた雪ちゃんの手を、咄嗟に強く握る。
「雪ちゃん！」
「雪緒!?」
「雪緒、わかるか!?」
　体を乗り出した私に続いて、おばさんとおじさんも呼びかけた。
　お兄ちゃんは、そんなふたりに譲るように1歩下がった。
　程なくして、雪ちゃんがゆっくりと唇を動かしたけど、

酸素マスクが邪魔をして声が聞きとれない。
　歯痒さを感じていると、おじさんが見かねたように酸素マスクを外した。
　驚いて顔を上げた私に、おじさんは小さく笑った。
「先生が『話したそうにしてたら外して構わない』って言ってたから、大丈夫だよ」
　その言葉に安堵し、再び雪ちゃんに視線を落とした。
　だけど……。
　不思議そうな顔で私を見つめている雪ちゃんに、大きな不安がよぎった。
「ゆ——」
「こんにちは……。君、名前は……？」
　私の声を遮って弱々しい笑みとともに投げかけられたのは、言葉を失うような質問だった。
　一瞬なにが起こったのかわからなくて、見開いた瞳に映る雪ちゃんを呆然と見つめることしかできない。
　それでも返事を待っている彼に、私は喉の奥に張りついた声を絞り出した。
「な、ぎさ……っ……」
　胸の奥が苦しくて、どうしようもないくらいに痛い。
　雪ちゃんは、そんな私の心を癒すように瞳をふわりと緩めて、出会った日と変わらない柔らかい笑みを浮かべた。
「名前も……可愛いね……」
　声を出すのもつらそうな雪ちゃんが紡いだのは、あのときと同じ言葉。

込みあげる切なさと愛おしさに、胸が張り裂けそうになる。
　だけど、涙は流したくなくて、溢れ出してしまいそうな熱をグッとこらえた。
「どうして……だろうね……。君が泣くと……俺まで、悲しくなるんだ……。だから……泣かないで……」
　なんて切ないんだろう……。
　私のことをわからないでいる雪ちゃんが、混濁する記憶の中では私のことをちゃんと愛してくれている。
　私のことを忘れてしまっても、雪ちゃんの心の中にある私への想いは色褪せていないのかもしれない。
　それは、言葉にならないほどに悲しくて。
　だけど、言葉にできないほどにうれしいことだと思った。
　滲む視界の中にいる雪ちゃんが、悲しげに笑っている。
　私は涙をこらえながら、ゆっくりと瞳と口もとを緩めて笑ってみせた。
　それが、今の私にできる、精一杯の笑顔だった。
　切なさと愛おしさを、この胸に抱えて。
　雪ちゃんのためだけに浮かべた笑みで、彼への愛を紡ぐ。
「雪ちゃん、好きだよ……」
　呆気ないほどに短い言葉の中に、雪ちゃんへの想いのすべてを込めた。
　すると、雪ちゃんは驚いたように目を小さく見開いたあと、苦しげに眉を寄せながら目を閉じた。
「雪ちゃん……？」

反射的に雪ちゃんの手を強く握ると、彼がゆっくりと瞼を開いた。
　そして、その視界の中に私を捉えた瞬間。
　雪ちゃんはいつものように瞳を柔らかく緩めて、眩しいくらい幸せそうに笑った。
「な、ぎさ……」
　雪ちゃんは苦しそうにしながらも、私の名前を呼んでくれて。
　その優しい笑みは、私のことをちゃんとわかっているんだってことを示す、なによりも確かな証だった。
　だけど……。
　次に雪ちゃんが紡いだ言葉は、声にはならなくて。
　なにを伝えようとしたのかを理解したときには、彼はもう目を閉じてしまっていて。
　歪む視界の中の雪ちゃんの顔が、少しずつ白んでいく。
　とうとう雪ちゃんの姿すら見えなくなって、目の前が真っ白になるその瞬間……。
　まるで絶望だけに支配された暗闇の中に突き落とされたかのように、私の世界が終わりを告げた気がした――。

思い出だけを残して

　瞼を開けて最初に視界に入ってきたのは、真っ白な天井だった。

　見慣れない景色に不安を抱くよりも早く体を起こそうとしたとき、そばにいたお兄ちゃんが私の両肩を優しく押した。

「まだ横になってろ……」

　充血した瞳を隠すように視線を逸らしたお兄ちゃんに、さっきまで見ていたのは夢じゃないんだと理解する。

「雪ちゃんは……？」

　それでも信じたくなくて、震える声でなんとか尋ねれば、お兄ちゃんは眉を寄せながら俯いてしまった。

　その態度はどんな言葉よりも強い説得力を持ち、私に残酷な現実を突きつけた。

　もし、神様がどんなワガママでも聞いてくれるのなら、雪ちゃんを助けてほしい。

　そうすることによって、たとえこの先ずっと不幸が続くって言われたって、私はそれでも構わない。

　なんなら、喜んでそれを受け入れることだってできるかもしれない。

　だって……。

　"雪ちゃんがいなくなること"以上の不幸なんて、私にはないから……。

雪ちゃんがいてくれるのなら、どんな不幸だってちゃんと乗り越えていけると思うから……。
　だけど……。
　現実はそんな夢すら抱かせてくれないくらいに残酷で、神様はいつからか意地悪なままなんだ……。

　あのあと、雪ちゃんは延命治療を施してもらわなかった。
　それは雪ちゃん自身の希望でもあり、なによりも延命治療は苦しみを長引かせるだけだからと、おじさん達もありのままの最期を受け入れることにしていた。
　病室に来たお母さんからベッドの上でそのことを聞いたとき、私は気を失って良かったのかもしれないと思った。
　きっと雪ちゃんのそばにいたら、彼が苦しんでも延命治療を望んでしまったと思うから……。
　それが聞き入れられることがなかったとしても、雪ちゃんが苦しむことになる結果を望まなくて済んだことに、ほんの少しだけホッとしてしまった——。

　ぼんやりとしながら泣き続けていた私が雪ちゃんに会えたのは、太陽が真上に昇った頃のことだった。
　お兄ちゃんに支えられながら歩いた廊下の窓から見えた空には、快晴だった朝とは違って白い雲がたくさん漂っていたけど、穏やかなままの天気は雪ちゃんが与えてくれる優しさを思わせた。
　初めて入った霊安室(れいあんしつ)は、ひんやりとした冷たい空気に包

まれていて、穏やかに笑う雪ちゃんにはちっとも似合わない。
　そこで眠っていた雪ちゃんは、なんだか私の知らない人みたいに見えたのに……。
　触れた頬も握った手も、確かに他の誰でもない彼のものだった。
　お兄ちゃんも、お母さんも、おじさんも、おばさんも、声を押し殺すようにして泣いていた。
「雪ちゃん……」
　触れたままの頬にいつもの温もりはなくて、ただ冷たさを感じるだけ。
「ねぇ、雪ちゃん……」
　もちろん握った手を握り返してくれることもなくて、どうしようもないほどの虚しさだけが込みあげてくる。
「雪ちゃん……起きてよ……」
　ポロポロと零れ落ちる涙が雪ちゃんの頬を濡らして、穏やかな表情の彼が泣いているように見えた。
「お願いだから……いつもみたいに『好き』って言ってよぉっ……！」
　泣き叫びながら脳裏に浮かぶのは、雪ちゃんの表情。
　笑顔も、泣き顔も、困惑顔も。
　もう、見られない。
　うれしそうに笑った顔も、困ったように笑う顔も。
　大好きだった。
　曇りの日も、雨の日も。

雪ちゃんがいてくれるのなら、私の心の中はいつだって晴れわたっていた。
　だけど……。
　どんなに泣き叫んでも、いつものようにワガママを聞いてくれる笑顔はなくて。
　愛の言葉をねだる私に、雪ちゃんからの返事はなくて。
　私の声はもう雪ちゃんに届くことはないんだと、思い知らされただけだったんだ……。

　夕方になって、雪ちゃんは葬儀場(そうぎじょう)に運ばれることになった。
　それまで雪ちゃんのそばから片時も離れなかった私は、お兄ちゃんに引き剥がされるような形で離れることになった。
　そのときまでみんながどうしていたのかも、そのあとそれぞれがどんな行動を取っていたのかも、よくわからない。
　泣くことにも疲れ果てて、もう涙も出ないような気がした頃……。
　ふと気がつくと、お兄ちゃんが運転する車の助手席に座っていた。
　左側に眩しさを感じて、ゆっくりと顔を上げて虚(うつ)ろな瞳で窓の方を見る。
　その瞬間、視界に入ってきたのは夕陽に染まった海だった。
「ゆ……びわ……」

海を見ながら思い出したのは、雪ちゃんと買いにいく約束をしていたマリッジリングのこと。
「え？」
　チラリと視線を寄越したお兄ちゃんに、震える声で訴える。
「約束したの……。雪ちゃんと……」
　お兄ちゃんは、前を見つめたまま眉を寄せていたけど。
「指輪が欲しいんだな？」
　すぐに疑問形で確認しながらも、私の答えを聞かずに車を転回させた。
「大丈夫だ、この時間ならまだ間に合う」
　そう言ってくれたことに安堵感を抱いた私は、シートに身を沈めた。

　お兄ちゃんが連れていってくれたのは、車で30分近く掛かるショッピングモールだった。
　閉店までまだ時間はあったけど、お兄ちゃんに支えられながら急いで店内に入った。
　ただ、ジュエリーショップに着いても、とてもじゃないけど私が買えるような物はなくて……。
　お金を出してくれると言ったお兄ちゃんの申し出を拒絶して、ショッピングモール内にあるアクセサリーショップや雑貨屋を次々と巡った。
　そして、店内の客足がまばらになった頃、ようやく私が買えそうなプラチナリングをみつけることができた。

雪ちゃんの指輪のサイズがわからなくて、お兄ちゃんに合った物よりもワンサイズ小さな物を買った。
　店員さんにそれとなく事情を説明してくれたお兄ちゃんのおかげで、閉店前にもかかわらず文字も彫ってもらえた。
　雪ちゃんの物には私の名前を、私の物には彼の名前を刻むことにした。
　きっと他人から見たら、とてもマリッジリングにはならないような安物のリングだと思う。
　もしかしたら、オモチャだと笑われてしまうような物なのかもしれないけど……。
　私にとってのマリッジリングが入った小さな箱を、胸もとでぎゅっと握りしめた。

　葬儀場に着くと、お通夜の準備が進められていた。
　もう動く気力すらなかったけど、雪ちゃんが眠る棺のそばにいるおじさんとおばさんに歩み寄って、マリッジリングの箱を開けた。
「本当はね……今日はマリッジリングを買いにいく約束をしてたの……。雪ちゃんにつけてあげてもいい……？」
　ふたりは真っ赤になった目を小さく見開いたあと、優しい笑みを浮かべた。
「ありがとう……」
　そう呟いたのはおじさんで、おばさんは雪ちゃんとよく似た笑みを歪ませながら泣いていた。
　私は、雪ちゃんの左手の薬指にそっとリングをはめた。

最近また瘦せた雪ちゃんの指は、思っていたよりも細くなっていて……。

　買ってきたリングは、彼の指から落ちてしまいそうだった。

「ごめんね……」

　やっぱり、私は雪ちゃんのようにはできない。

　私の指のサイズを当ててくれた雪ちゃんみたいに、彼の指に合う物を用意することができなかったことが、なんだかすごく悲しくて。

　ちぐはぐに見えるマリッジリングが、どうしようもないくらいの切なさを感じさせる。

　だけど……。

　それでも"私達にとってのマリッジリング"を、自分の左手の薬指にもそっとつけた。

「雪ちゃん……。また、お揃いの物が増えたよ……」

　絞り出した声は、か細くなってしまった。

　泣くことにも疲れてしまっていたから、もう涙は出ないと思っていた。

　だけど、いとも簡単に零れ落ちはじめた雫が、私の頬を伝う。

　眠っているような表情の雪ちゃんを見つめながら頭の中をよぎるのは、出会った日から今日までの彼とのたくさんの思い出達。

　私のすべてを埋めつくすほどのそれらは、雪ちゃんが私のすべてだってことを物語る。

どれだけ泣いてもなにも変わらないのに、どうしたって涙は止まらなかった——。

　慎ましい雰囲気の中、お通夜は始まり、あっという間に終わった。
　小さな街だから、参列者はもちろん知り合いばかりで、私と雪ちゃんの関係を知っている人も少なくはなかった。
　顔がグチャグチャになるまで泣きながらも、参列者達の視線がなにを言っているのかがわかって、やり場のない感情だけが募っていく。
　お兄ちゃんから連絡をもらって参列した真保は、お通夜が終わったあとすぐに私の元に駆け寄ってきて……。
　私を抱きしめながら声を押し殺すようにして泣き、彼女の腕の中にいる私も涙が止まらなかった。
　その夜は誰とどんな話をしたのか、よく覚えていない。
　親族用の控え室でおじさん達と一夜を過ごすことにした私は、雪ちゃんのそばから片時も離れなかった。
　お兄ちゃんも一緒に待たせてもらうことになったけど、ひと言も言葉を交わさなかった。
　だって、お兄ちゃんの顔を見れば、おのずと泣き腫らした目を見なきゃいけなくなるから……。
　私は、こんなにも泣いているお兄ちゃんを見たことがない。
　だからこそ、お兄ちゃんの顔を見るたびに嫌ってほどに思い知った現実をさらに突きつけられる気がして、目を合

わせることができなかった。

　翌日は、昨日とは打って変わって、どんよりとした空が広がっていた。
　今にも泣きだしてしまいそうな空は、泣いている私を見ているときの雪ちゃんみたいで、悲しみがさらに強くなった。
　悲しくて、悲しくて、悲しくて……。
　もうこれ以上は悲しみが増えることなんてないと思っていたのに、雪ちゃんとの"本当のお別れ"が近づくにつれて、それは大きくなっていく。
　こんなにも張り裂けそうな胸を癒せるのは、きっと雪ちゃんしかいない。
　それなのに……。
　雪ちゃんが目を開けてくれることはやっぱりなくて、彼をこんなふうにした神様や運命を恨んでしまいたくなる。
　葬儀の参列者は昨日よりも多くて、雪ちゃんの人柄が滲み出ているような時間が流れた。
　なんだか懐かしいと思えそうな瞬間を過ごしながらも、私は雪ちゃんがいない現実を嘆くことしかできなくて。
　誰になにを言われても返事もできないほど、ただただ泣いていた。
　誰かの口から"ご遺体"って言葉が出たときは、『遺体なんて言わないで！』って泣き叫んだ気もするけど、本当のところはどうだったのかわからない。

あまりにも泣きすぎたせいで、次第に頭がボーッとしていって……。
　どこまでが現実なのかわからなくなって、最後には夢の中にいる気さえしていた。

　雪ちゃんが綺麗な花に囲まれたあと、とうとう最後の対面になってしまった。
　葬儀場のあちこちから、啜り泣く声が聞こえてくる。
　もちろん私やお兄ちゃんや両親、そして雪ちゃんの両親も、顔をグチャグチャにして泣いていた。
「……このあとは……もう、お顔を見ることはできませんので……」
　そう説明してくれた女性スタッフも近所の人で、その瞳は真っ赤になっていた。
　ねぇ、雪ちゃん……。
　こんなにもたくさんの人を泣かせてしまうなんて、ひどいよ……。
「ゆ……きちゃ……」
　でも……。
　でもね……。
「……す、き……だ……よ……」
　私の想いは、悲しみに包まれた今この瞬間だって大きくなるばかりなんだよ……。
　雪ちゃんが病気だってことを知ってから、私はへたくそな笑顔を見せるだけで精一杯だった。

もっと、『好き』って伝えれば良かった。
　あんなにも伝えてきた言葉だけど、もっともっと伝えていれば良かった。
　ねぇ、雪ちゃん……。
　雪ちゃんにもらった以上の"好き"を、私は返せてたのかな……？
　今になって、後悔ばかりが胸を占めるよ……。
「ゆ、きちゃ……好き、だよっ……！」
　芽生えてきたたくさんの後悔に、胸の奥が痛いくらいに締めつけられる。
　だけど……。
　私には、もうそんなことを考えている時間すらなかった。
　誰かの合図を皮切りに、ゆっくりと棺の蓋が閉められていって——。
「待ってっ……！」
　今の今までかすれた声しか出せなかった私は、咄嗟に大声を上げていた。
「お願いっ……！　待って……っ！」
「渚！」
「……雪ちゃん……っ、雪ちゃん、雪ちゃっ……！」
　お兄ちゃんに押さえられて、ただ叫ぶことしか許されなくて、閉められていく棺に触れることすらできなかった。
　その場で泣き崩れた私を、お兄ちゃんが抱きあげて霊柩車（れいきゅうしゃ）の前に連れていってくれた。
　雪ちゃんにもう会えないのなら、いっそのこと、彼と一

緒にこの体を燃やしてほしい。
　とてもじゃないけど、雪ちゃんがいない世界なんかで生きていける気がしないから……。
　だけど……。
　現実はいつだって残酷で、神様はやっぱり意地悪なままだった。
　離れ離れになった雪ちゃんと次に会えたときには、もう彼なのかどうかすらわからない姿をしていて……。
　いくつもの白い塊を見た直後に視界がグラリと歪み、そのまま意識が途切れた。

　白む景色の中、柔らかい笑みを浮かべる雪ちゃんがいた。
　雪ちゃんが優しく笑っているから、私はそれだけで幸せだと思えた。
　いつもみたいに『好き』って言う私に、雪ちゃんもいつもと変わらない言葉を返してくれる。
　手を繋いで海岸を歩いて、甘えるようにキスをねだった。
　いつものように目を閉じた直後、確かに唇に優しい温もりが降ってきた。
　それなのに……。
　すぐに消えた温もりを追いかけるように瞼を開けると、そこにはもう雪ちゃんの姿はなくて。
　私はひとり、暗闇の中に取り残されてしまった——。

　あぁ、そっか……。

結局は、夢も現実も同じなんだ……。
　そう思った直後に、意識がはっきりとした。
　暗闇の中にいたはずの私の目の前には、白い景色が広がっていた。
　まだ夢の中なんだと思うよりも早く、次に視界に入ってきたのはお兄ちゃんの顔。
　悲しげな表情の中の泣き腫らした瞳を見て、すべてを悟った。
「私……」
　乾いた喉から出した声はかすれていたけど、お兄ちゃんは私の疑問を拾って「また気を失ったんだよ」と教えてくれた。
「もうずっと、ろくに食べてなかっただろ？　きっと、心も体も限界だったんだ……」
　そう言ったお兄ちゃんが泣き顔を隠すように顔を背けたから、やっぱり夢なんかじゃないんだって思い知らされてしまった。
「全部……終わったんだね……」
　言葉にすれば呆気ないほど簡単なのに、それを理解した心の中ではまた悲しみが増幅していく。
　瞳から伝った涙が頬を濡らし、こらえきれずに嗚咽が漏れた。
　泣きながら左腕に違和感を覚えて顔を動かせば、視線の先にあったのは、点滴に繋がれた手とやけに明るい窓。
　まだ数時間しか経っていないと思っていたけど、意識を

失っていたまま一夜を明かしたことを理解した。
　鉛のように重く感じる体を、ゆっくりと起こす。
　すると、窓の遥か向こうに広がっていたのは、太陽の光を浴びてキラキラと輝いている海だった。
　その眩しさに目を細めた瞬間、雪ちゃんが海を見たがっていたことを思い出して……。
　そして同時に、結局は海を見せてあげられなかったことにまた後悔が募った。
　ごめんね、雪ちゃん……。
　涙のせいで声にならない言葉を、私は心の中で何度も何度も繰り返していた。

Scene 8
消えない雪

ただ、会いたい。

　私は今、世界中の誰よりも不幸なんじゃないかと思う。
　雪ちゃんのいない世界は、やっぱり思ったとおりあまりにも寂しすぎて。
　そんな絶望の色をした世界の中で生きていくのは、どうしようもなくつらかった。
　お兄ちゃんや両親、真保や雪ちゃんの両親も私のことを心配してくれているのは、ちゃんとわかっている。
　だけど……。
　今の私には前を向く気力さえなくて、どうしたってがんばれる気がしないんだ。
　"寂しい"や"つらい"なんて言葉じゃ足りないくらい、寂しくてつらい。
　呼吸をしていることすら苦しいと思うときもあった。

　雪ちゃんの葬儀が終わってから数日が過ぎたけど、私はまだ一度も学校に行っていない。
　もちろん彼と結婚した私には、これは法律上認められている休みではあるけど……。
　どれだけ時間が経っても、もう学校に行こうなんて思えなかった。
　今まで、どうやってがんばってきたんだろう……。
　家族よりも雪ちゃんに褒めてもらえることがずっとうれ

しくて、それを糧に努力してきたことがたくさんある。
　だから、雪ちゃんがいない今、自分が生きていることすら意味がないとしか思えなくて、ただただぼんやりと毎日を過ごすことしかできなかった。

　雪ちゃんと撮った写真を見つめたままベッドに身を沈めていると、ドアがノックされてお兄ちゃんが入ってきた。
「渚……。雪緒のおじさんとおばさんが来たぞ」
　お兄ちゃんの声は、なんの意味も持たずにすりぬけていく。
「ほら、みんな待ってるから」
　それをわかっているらしいお兄ちゃんが、私の背中に腕を入れて体をゆっくりと起こさせた。
　力なんて入れていなくても、お兄ちゃんは私を簡単に立ちあがらせる。
　私は黙ったまま従い、体を支えられるようにしながら部屋を出て、リビングに下りた。
　リビングに入ると、おじさんとおばさんが私を見て困ったように眉を下げた。
「少し会わなかっただけなのに、随分痩せちゃったわね」
　おばさんは心配そうに零したけど、私にはふたりの方がずっと痩せたように見える。
　それでも虚ろな瞳しか向けない私に、おばさんは眉を下げたまま小さく笑った。
「今日はね、これを見てもらいたくて……」

紙袋から出された箱がなにかはわからなかったけど、差し出されたそれを受け取る。
「開けてみて」
　ぼんやりと箱を見つめていると、おばさんが優しく言った。
　蓋を開けてみると、最初に視界に入ってきたのは折り紙だった。
　見覚えがあるそれを取り出し、箱の中に入っている物達を出していく。
　へたくそな似顔絵、数えきれないほどの手紙、色褪せたキーホルダー。
　これらはすべて私が幼い頃にあげた物だと理解するまでに、たいして時間は掛からなかった。
「まだあるのよ……」
　今度はひと回り大きな箱を差し出されて、受け取ったそれを開けた。
　錆びてしまったストラップ、ベルトが壊れた腕時計、よれよれになったTシャツ、穴だらけのマフラー。
　どれもこれも、私が雪ちゃんにあげた物だった。
「あの子の部屋から出てきたの。それ、全部渚ちゃんがくれた物でしょう？」
　力なく頷いた私に、おばさんは柔らかく微笑んだ。
「雪緒は、本当に渚ちゃんのことが大切だったのよ。ありがとう、雪緒のことを好きになってくれて……」
　雪ちゃんとよく似た笑顔が、少しずつぼやけていく。

滲む視界の中にいるのは、一瞬雪ちゃんなんじゃないかと思ってしまった。
「雪緒を大切にしてくれて、ありがとう……。最期まで雪緒のそばにいてくれて、本当にありがとう」
　優しい微笑みに雪ちゃんを重ねていると、おばさんは私の手を握った。
　心が期待で満ちそうになった瞬間、握られた手の感触がいつもと違うことに気づいて、唇を噛みしめた。
　雪ちゃんを求めすぎて、一瞬でもおばさんに彼を重ねた自分自身の浅はかさが嫌になる。
　それでも、雪ちゃんがどれだけ私のことを大切にしてくれていたのかを教えてくれた物達によって、ほんの少しだけ心が救われた気がした。
　頭が痛くなるくらい泣き続けたから、今度こそもう本当に涙は出ないと思っていたのに……。
　雪ちゃんが私と同じように思い出を大切にしてくれていたことに、また簡単に涙が零れ落ちた。

「それとね、これだけは渚ちゃんに持っていてもらうべきなんじゃないかと思って……」
　少しの時間を置いてから遠慮がちに差し出されたのは、マリッジリングだった。
　火葬のとき、スタッフから貴金属は棺には入れられないと言われたことは、お兄ちゃんから聞いていた。
　だけど、その話を聞いたときにはリングの行方を気にす

る余裕なんてなくて、そのままどうなったのかを訊くこともなかった。
「その箱も含めて、雪緒の物も雪緒が使っていた部屋も、全部そのままにしておくつもりなの。でも……このリングだけは、渚ちゃんが持っていてくれる方がいいんじゃないかと思って……」

受け取ったリングを手の平に乗せて、無言のまま見つめる。

結局、私達にとって"最後のお揃い"になってしまった物をふたりでつけていられたのは、本当にほんの僅かな時間だった。
「それとも、雪緒の写真の前に置いて……」

控えめに切りだしたおばさんに、首を小さく横に振る。
「私が……持ってるよ……」

何日も泣き続けた私は、もうへたくそな笑顔を繕うことすらできなかったけど、それでもおばさんを見つめた。

その直後。

涙で歪んだ視界の中に、壁にかけられた日めくりのカレンダーを捉えた。

日めくりのカレンダーが表示している11月25日が"なんの日"なのかを、もう何年も忘れたことなんてなかったのに。

日付の感覚がなくなっていた私は、今日が11月25日なんだってことをすっかり忘れてしまっていた。
「今日……誕生日だったんだね……」

私の涙混じりの小さな言葉に、おじさんとおばさんがなにも言わずに眉を下げて笑った。
　私を見つめるふたりは、悲しげな瞳を必死に緩めているように見える。
　私達はきっと、もう二度と"今日"という日を心からお祝いすることはできないって思った。
「雪ちゃん……」
　マリッジリングをぎゅっと握りしめ、囁くように呟いた。
　心からお祝いすることはできなくなってしまったけど、今日は毎年お祝いしていた日だから。
「お誕生日……おめでとう……っ！」
　手の中のリングは雪ちゃんの体に最後まで触れていた物だから、もしかしたら彼が応えてくれるんじゃないかって思った。
　だけど……。
　いつものような柔らかい笑顔も、優しい声も、やっぱり返ってくることはない。
「渚ちゃん、ありがとう」
　おじさんは、まるで雪ちゃんの代わりに応えるかのように微笑んでいた。
「ねぇ、渚ちゃん。これからも、今までみたいにいつでも遊びにきてね」
「え……？」
「だって……」
　不意の言葉に顔を上げると、おばさんが瞳に涙を溜めな

がら優しく笑っていた。
「渚ちゃんは雪緒のお嫁さんで、私達の娘なんだから」
「……っ！」
　おばさんの優しすぎるその言葉を、確かにうれしいと感じているのに……。
　私は頷くこともできないまま、ただただ涙を零し続けた。

　お兄ちゃんも、両親も、そして雪ちゃんの両親も、私のことをこんなにも大切に思ってくれている。
　だけど……。
　弱い私は、雪ちゃんがいない寂しさをどうしても埋められそうになくて。
　みんながどんなに私のことを大切にしてくれていても、彼がいないという現実への悲しみが強くなっていくばかりで。
　涙を止める術も、前を向いて歩いていく術も、どうしたってみつけられる気がしないんだ……。
　私が雪ちゃんとの約束をなにひとつ守れていないことを知ったら、彼はどんな顔をするんだろう……。
　叱られてもいい。
　呆れられてもいい。
　今はただ、雪ちゃんに会いたい。
　ねぇ、雪ちゃん……。
　今すぐに会いたいよ……。

思い出の海

　12月に入っても、やっぱり泣いてばかりの日々を送っていた。
　頭が痛くなるくらい泣いて、涙が涸れてしまったと思っても……。
　ふとした瞬間に雪ちゃんの仕種や笑顔を思い出して、またいとも簡単に泣けてしまう。
　繰り返すそんな日々に、私はなにを見いだせばいいんだろう——。

　雪ちゃんの葬儀から2週間が経っても、私はろくに食べられなくて体調がずっと優れないままだった。
　こんな私の姿を雪ちゃんが見たら、きっと彼を困らせてしまう。
　だからせめて、テスト勉強だけでもしようと決めたけど、朝から開いていた問題集はほとんど進んでいない。
　なにかしていれば気が紛れるかもしれないと思って、1週間前からガラにもなく勉強を始めたのに、ふと気がつくと零れている涙が教科書や問題集にいくつものシミを作っていて。
　そのたびに涙を拭って心を奮い立たせて、唇を噛みしめながら必死にシャーペンを走らせる。
　それでも溢れる涙をどうすれば止められるのかはわから

なかったけど、2学期の期末テストが始まる明日からはとりあえず学校に行こうと決めた。

雪ちゃんはもういないけど、こんな私のままだと彼が悲しんでいる気がしたから……。

翌日は、お兄ちゃんから連絡をもらったらしい真保が、朝早くから迎えにきてくれた。

必死に笑っていた真保と、歩きながらどんな会話をしたのかはよく覚えていない。

通学路でつい無意識のうちに雪ちゃんの姿を探してしまって、話を聞く余裕なんてなかったから……。

学校に着いて教室に入ると、室内にいた生徒達から注目を浴びた。

小さな街だから、予想していたとおり私と雪ちゃんの話はクラス中に広まっていたみたいで、その視線には様々な意味が込められていることに気づいたけど……。

私は誰とも言葉を交わさずに席に着いて、余計なことは見ないフリをしてテストを受けた。

放課後、欠席していた間のことで担任に呼び出されていた私を、真保は教室で待っていてくれた。
「渚、帰ろう」
「ごめん……。ひとりで帰りたい……」
「……どこか行くの？　ちゃんと帰れる？」
不安げな面持ちになった真保に、小さく頷く。

「海岸に寄りたいだけだから……」
「わかった……。でも、海岸までなら一緒に帰ってもいいでしょ？」

　心配そうな表情をしている真保にとって、それが精一杯の譲歩だったんだと思う。

　私はもう一度小さく頷いたあと、そんな彼女と教室をあとにした。

　海岸に続く階段の前で真保と別れて、いつも雪ちゃんを待っていた場所で腰を下ろした。

　冬の海風は冷たくて、スカートから出ている足がピリピリと痛むけど、雪ちゃんを待つ私にとっては寒さも痛みもたいしたことはない。

　チェーンに通した雪ちゃんのリングを、薬指に2つのリングが着いた左手で握りしめて、海を見つめながら"いつものように"彼の帰りを待った。

　だけど――。

「渚……」

　太陽が傾きはじめた頃に声をかけてきたのは、こんなにも待ちこがれている雪ちゃんじゃなくて、困ったように眉を寄せているお兄ちゃんだった。

「母さんから『まだ渚が帰ってこない』って連絡があったから、真保ちゃんに電話したんだ……」

　真保から事情を聞いたお兄ちゃんは、きっと仕事を置いて迎えにきてくれたに違いない。

オイルまみれの軍手を着けたままの両手が、それを物語っていた。
　私の視線に気づいたのか、お兄ちゃんは軍手を外した。
「ほら、帰るぞ。こんなに冷えて……。風邪ひいたらどうするんだ」
「お兄ちゃん……」
　私は、お兄ちゃんの話なんて気にも留めずに続けた。
「雪ちゃんが……来ないの……」
　潮騒が響く中、お兄ちゃんの顔が苦しげに歪んでいく。
「雪緒は……もう、来れないんだよ……」
　縋るようにお兄ちゃんを見ていた私に告げられたのは、残酷な現実。
　わかっている。
　ちゃんと、わかっている。
　だけど――。
「……っ！　来るもん……っ！　雪ちゃんは、ちゃんと来てくれるもんっ……！」
　私はどうしてもそれを受け入れられなくて、お兄ちゃんに向かって涙声で叫んだ。
　そんな私に対して、お兄ちゃんはやり場のない感情を押しこめるように眉を寄せ、ずっと黙っているだけだった。

　翌日からも、朝は真保と登校して、帰りは海岸で彼女と別れた。
　そのまま何時間もそこで過ごす私を、お兄ちゃんや両親

が迎えにくる。
　冬休みに入るまでの平日は、毎日その繰り返しだった。
　楽しげな雰囲気に包まれたイヴもクリスマスも、私はちっとも楽しくなんてなかった。
　商店街の近くにあるクリスマス仕様に装飾された木を見たときは、昨年も一昨年も雪ちゃんと見にきたことを思い出して……。
　胸が張り裂けそうになって、そのツリーをグチャグチャにしたくなった。
　そして、幸せそうに見えるすべての人が恨めしく思えた。

　冬休みに入ってからも、毎日あの海岸に足を運んだ。
　ときには、私に現実を突きつけようとするお母さんの制止を振り払って、なり振り構わずに家を飛び出した。
　放っておくといつまで経っても海岸から動かない私を、お兄ちゃんや両親はいつもつらそうにしながら連れ戻しにきた。
　それでも、海岸で待っていればいつかは雪ちゃんに会える気がして、私はまるで同じ動きしかできないロボットのようにそこに通い続けた。
　穏やかに晴れた日も、厳しい寒さの日も、冷たい雨が降る日も。
　ただただ、雪ちゃんのことだけを待ち続けていた。

　新年を迎えるときは、雪ちゃんと初詣に行ったことを

思い出した。
　成人式の日は、彼のスーツ姿を思い浮かべては泣いた。
　お兄ちゃんは成人式に行く気にはなれなかったみたいで、式には参加しないつもりでいたけど……。
　雪ちゃんの両親の希望もあって、結局は彼の写真と一緒に参加した。
　新学期が始まっても、私は相変わらず海岸で雪ちゃんを待つこと以外になにもする気が起きないままだったけど、とりあえず学校にはちゃんと通っていた。
　もっとも、真保以外の友達と話すことなんてほとんどなかったし、授業もまったく聞いていなかったけど……。

　あの海岸に行けば、キラキラと輝く海が迎えてくれる。
　だけど、今の私にはそれを綺麗だと思う心はない。
　すべてが歪んで見える気がする世界では、瞳に映るすべてのものが虚しい色をしている。
　毎日見る景色の中に雪ちゃんがいないことで、私の瞳に映る世界は美しさを欠いてしまったのかもしれない。
　海を見つめながら思い出すのは、雪ちゃんと過ごした幸福感に満ちた優しい日々なのに……。
　彼との思い出の海ですら、私はもう綺麗だと思えないんだ。
　このままだと、いつかは雪ちゃんとの思い出まで色褪せてしまいそうで、すごく怖かった――。

優しい奇跡

"その日"も、いつもと変わらない朝だった。
　涙混じりに目を覚まして、お兄ちゃんや両親と一緒にほとんど食べられない食事を摂る。
　２ヶ月近くもろくに食べることができずにいる私は、ここ数年で一番痩せているかもしれない。
　どれくらい痩せたのかはわからなかったけど、スカートやパンツのウエストは明らかに緩くなっていたし、鏡に映る私の顔はほっそりとしていた。
「ご馳走さまでした……」
　お兄ちゃん達は、今日もほとんど食事に手をつけなかった私を心配そうに見ながらも、決して強制して食べさせたりはしなかった。

　部屋に戻った私は、メイクもせずに適当に服を選んだ。
　雪ちゃんに見てもらえないのなら、メイクをしたり髪を巻いたりする気にもなれない。
　そんな姿で出掛けるなんて、今までの私なら考えられなかったけど……。
　ここ２ヶ月は、学校に行くときも同じような状態だった。
　着替えを済ませて部屋を出ると、ちょうど朝食を済ませて２階に上がってきたお兄ちゃんと鉢合わせた。
「渚、出掛けるのか？」

私を見たお兄ちゃんは、困ったような表情をしていたけど、程なくしてため息混じりに微笑した。
「今日は寒いから、もっと暖かい格好で行けよ」
　優しく微笑むお兄ちゃんは、私の行き先を知っている。
　それでも引き止めずにいてくれたのは、きっと私の気持ちをよくわかってくれているから……。
「ちょっと待ってろ」
　お兄ちゃんは私の部屋に入って、取ってきたマフラーを私の首にグルグルと巻いた。
「これなら、さっきよりは寒さもマシだろ。今日は俺も休みだから、あとで迎えにいく。気をつけて行けよ？」
　私は小さく頷いたあと、お兄ちゃんの前を横切って階段を下りた。

　外に出た瞬間、冷たい風が私の体を激しく叩きつけた。
　空は今にも泣きだしてしまいそうなほど、どんよりとしている。
　その色は、雪ちゃんがいなくなってからの私の心の中と、なんだかよく似ている気がした。
　お兄ちゃんが心配していたとおり、いつもよりも気温が低くて寒さが身に沁みたけど、向かい風を受けながら海岸に向かって歩きだした。
　もしかしたら、今日はこの冬一番の寒さかもしれない。
「寒……」
　そんなことを考えながらぽつりと呟いた声は、すぐに強

い風に攫われてしまった。

　いつも使っている階段の手前まで辿りついたとき、目を大きく見開いた。
　季節外れの、しかもこんなにも寒い日の海岸に、男の人が立っていたから。
　いまどき珍しく真っ黒だった雪ちゃんの髪と同じ、漆黒の髪。
　この場から見て取れる体格なんて雪ちゃんそのものだと思うほど、後ろ姿が彼とそっくりだった。
　体が奥底から震えるのは、寒さのせいなんかじゃない。
　間違いなく雪ちゃんだと思って、鼻の奥からツンとした痛みが込みあげてきたけど。
「……っ！」
　私はその痛みに構わず駆けだして、急いで階段を下りた。
　雪ちゃんは、やっぱり私に会いにきてくれたんだ……！
　抱いていたどうしようもないほどの悲しさと、積もり積もった寂しさ。
　それらを押しのけるように込みあげてきたのは、言葉にはできないほどの喜び。
　きっと、なにもかもが悪い夢だったんだと解釈をして、ただひたすら走った。
　海が運んでくる強い潮風は、ちっとも苦にならなかった。
　冷たすぎる空気だって、別になんともなかった。
　私は喜びだけを抱いて、砂浜に何度も足を取られてしま

いそうになりながら、やっとの思いで海を見つめている人の腕を取った。
「雪ちゃん……っ!」
　乱れた息のまま顔を上げた私の視界に入ってきたのは、目を見開いた男の人の顔。
　驚きを浮かべるその表情は、私が想像していたものとは全然違って——。
「……っ!」
　意図せずに込みあげた涙をこらえるように、咄嗟に唇を噛みしめた。
　私を見つめるその瞳は切れ長の二重で、求めていたあの柔らかさはほとんどない。
　一瞬で消えた喜びの代わりに込みあげてくるのは落胆と、そしてどうしようもないほどの悲しみと寂しさ。
　胸の奥を貫くような感情を持てあましたまま制止していた私に、男の人は困ったように微笑みながら首をかしげた。
「え～っと……」
「ごめん、なさい……。人違い……でした……」
　向けられた笑みが、ずっと見たかった人のものではないことがあまりにもつらくて、うまく謝れなかった。
　二度もどん底に突き落とされてしまった私は、もう笑顔を繕うこともできない。
「……大丈夫?　誰かと待ち合わせでもしてたの?」
　耳に届いた口調も、やっぱり雪ちゃんとは全然違う。
「へーき、です……」

私は男の人から手を離して、小さく答えた。
　彼は不思議そうにしながらも、不意に鳴ったスマホで話しながら立ち去ってしまった。

　込みあげてくる涙をこらえることなんてできなかったし、持てあましたままの悲しみや寂しさをなかったことにもできない。
「……っ！」
　雪ちゃん……！
　雪ちゃん、雪ちゃん、雪ちゃん……！
「っ、ゅ……き、ちゃ……！」
　ただ、悲しいだけじゃない。
　ただ、寂しいだけじゃない。
　雪ちゃんがいないその現実は、そんな単純な言葉なんかでは言いあらわせない。
　どんな不幸よりもつらくて、心の中がすごく痛くて。
　こんな気持ちが続くくらいならもう雪ちゃんのそばに行きたい、って本気で思ってしまったんだ……。
　ふと、頭の中が冷静になっていくのがわかった。
　張り裂けそうな胸の中では、悲しみや寂しさが今も大きくなり続けている。
　そっか……。
　やっぱり、最初からこうすれば良かったんだ……。
　だって……。
　私達は、"ずっと一緒"なんだから……。

ぼんやりと見つめた海には、まるでどんよりとした空の色を映すようにいつもの煌めきはない。
　そこに引き寄せられるように立ちあがって、ゆっくりと歩きだした。
　怖くはなかった。
　不安もなかった。
　だって、この先には、きっと雪ちゃんがいるから……。
　ピチャッと音が鳴って、ブーツの爪先が寄せてくる波に触れた。
　足首まで浸かると、ベロア素材のロングブーツの中にあっという間に海水が染みこんできた。
「痛……っ！」
　冬の海は冷たさを通り越して、触れた場所から鋭い痛みを感じる。
　恐怖心や不安はないけど、激痛とも言えるそれにさすがに足が竦みそうになった。
　だけど……。
　体を刺す痛みよりも、心を貫くような痛みの方が、ずっとずっと苦しい。
　それに比べれば、こんな痛みくらいどうってことない気がして。
　唇をきつく噛みしめながら、ゆっくり、ゆっくりと足を進めた。
　膝下まで海水に浸かる頃には痛みがどんどん激しくなって、体温が奪われていく体が勢いよくガタガタと震え、思

うように動かなくなりはじめた。
　全身が冷えてしまったせいか、足の痛みがお腹まで広がっている。
　吐く息は真っ白で、体が硬直するんじゃないかと思った。
「ゅ……きっ……ちゃ……」
　寒さでガチガチと鳴る歯が邪魔をして、雪ちゃんの名前をまともに呼ぶことができないままだったけど……。
　私は、彼の笑顔だけを思い浮かべてさらに小さな1歩を踏みだし、ゆっくりと瞼を閉じようとした。
　その瞬間……。
　閉じかけた視界の端に映ったものに、思わず目を見開いた。
　咄嗟に、泣きだしそうな空を見あげた私は、滲んだ視界に映るもの達にただただ驚く。
「嘘……っ」
　ふわり、ふわり。
　小さな小さな白い粒が、確かに灰色の空から舞い降りてくる。
「なんっ……で……」
　震えている体では、まともに声を出すこともできなかったけど……。
　止まりかけていた涙がまた溢れ出し、次から次へと零れ落ちていった。
　冷たい雫が頬を濡らす中、頭の中をよぎったのは雪ちゃんの言葉。

『雪が降ったら、俺のことを思い出して』
　ずるい……。
　ねぇ、ずるいよ……。
　この街に雪が降るなんて、奇跡にも似た出来事で。
　雪ちゃんはきっとそれをわかっていたから、あんなことを言ったのは間違いなくて。
　それなのに……。
　私の瞳に映るのは、紛れもなく"雪"だった。
　それはまるで、雪ちゃんが私を止めるために降らせたようで。
　数えきれてしまえそうなくらいの雪は、いつも私のことを優しく叱る彼そのものにしか見えなかった。
　涙を零し続ける私の元には、小さな小さな雪の結晶が優しさを携えた天使のように降ってくる。
　例えば、今感じたことを誰かに話しても、信じてもらえないのかもしれない。
　だけど……。
　私には、この雪が雪ちゃんだと思えて仕方がなかった。
　ねぇ、雪ちゃん……。
「ず……るい……よぉっ……！」
　恐怖心も不安も、まだ芽生えていない。
　足やお腹はひどく痛むけど、体はまだ辛うじて動く。
「ひっ、っ……うっ、っ、ふっ……」
　雪ちゃんのいない世界で心に痛みを抱えたまま生きていくくらいなら、どんなに体が痛くても彼の元に行きたいと

思ったのに……。
　もうこれ以上、沖に足を進めることはできなかった。

　いつの間にか雪は止んで、霧のような雨に変わっていた。
　あまりにも一瞬の出来事だったそのときは、もしかしたら幻を見ていただけなのかもしれない。
　だけど……。
　私にはやっぱり雪が降ったとしか思えなくて、それが雪ちゃんがくれた優しさだとしか思えなかった。
『なにがあっても、自分から"生きること"を諦めちゃダメだよ』
　雪ちゃんのいない世界でも生きていくように言った彼は、誰よりも私のことを想ってくれていて……。
　そして、なによりも残酷な未来を私に与えながらも、それ以上に深い愛と溢れるほどの優しさを残してくれたのかもしれない——。

　それから程なくして、雨が降ってきたからと車で迎えにきてくれたお兄ちゃんが、下半身だけ不自然に濡れた私を見て目を見開いた。
「バカッ!!」
　お兄ちゃんはすぐに状況を把握したらしく、私が口を開くよりも早く海岸に響きわたるほどの声で怒鳴った。
「バカなことするなっ!!　もしお前がいなくなったら、俺達家族もおじさん達も、また雪緒がいなくなったときと同

じ思いをするんだぞっ!!　わかってんのか!?」
　今までこんなふうに怒鳴られたことなんてなかったから、お兄ちゃんのあまりの剣幕に言葉を失ってしまった。
　だけど……。
「だから、もう二度とこんなことするな……」
　涙混じりで零された言葉に、私は唇を噛みしめながら何度も頷いた。
　雪ちゃんがいない現実を、まだちゃんと受け止めることはできない。
　それでも、私が雪ちゃんの元に行けば、私が心に負ったものと同じ傷を周りの人達に与えてしまうことになるというのなら、もう二度とこんなことはしちゃいけないって思ったから……。
「ごめ、なさっ……！」
　涙と一緒に落とした言葉は潮騒に奪われて消えたけど、本当に泣いていた空は泣き止んで、鈍色(にびいろ)の雲の隙間からは柔らかな光が降りそそいでいた。

　雪ちゃんのいない世界は、どんよりとした空の下に広がる濁った海のようで、今はまだ呼吸をすることすら苦しくなるときもある。
　だけど……。
　悲しみが広がったような泣き空に、いつか再び太陽が戻ってくるように。
　そうしてその下に広がる海も、またキラキラと美しく輝

くように。
　私の心にもいつか雪ちゃんと過ごした日々のように光が射しこむ日が来ることを、今はただ信じてみようと思う。
　今はまだ悲しみも寂しさも募っていくばかりで、簡単に『がんばる』なんて言えないけど……。
　せめて、雪ちゃんと交わした最後の約束だけは守りたいから。

　ねぇ、雪ちゃん……。
『雪ちゃん、だーい好き！　ずーっと一緒にいてね』
　雪ちゃんに守られてばかりだった私は、"ずっと"は永遠なんだと思ってたんだ。
　雪ちゃんが病気だってわかって、初めてその言葉の重さを知った気がするよ。
　今はもう、会うことも話すこともできなくて。
　涙はまだ止まらなくて、雪ちゃんのいない世界はすごく寂しくて。
　でも……でもね……。
　私は、これからも"ずっと"雪ちゃんのことが好きだよ。
　雪ちゃんのそばにいられなくても、心は"ずっと一緒"だから……。
　私は、ちゃんと前を向いて生きていくよ——。

雪の結晶

　海と山に囲まれたこの小さな街には、今日も穏やかな時間が流れている。
　秋が終わりを告げようとしているのを感じながら、私はいつものように海岸に来ていた。
「また、冬がやってくるね」
　すっかり冷たくなった風を受けて呟けば、11月を"雪待月"って呼ぶことを思い出した。
　冬が始まろうとする雪待月に生まれた、"彼"。
　そこから1文字、そして物事の始まりを意味する"緒"から1文字取ったのが彼の名前の由来だったことを、"雪"って漢字を覚えたときに本人から聞いた。
「懐かしいね、雪ちゃん」

　私がこの海岸で雪を見た日から、もうすぐ5年が経とうとしている。
　その間この街に訪れた冬に、雪は一度も降っていない。
　しかも、あれから数日後に雪が降ったことをお兄ちゃんや両親、それから雪ちゃんの両親や真保にも言ったけど、誰もあの日の雪を見ていなかった。
　だから尚更、あのときに見た雪は本当は幻だったんじゃないか、と思ってしまうことがある。
　今もまだ、その真偽はわからないけど……。

私は、やっぱりあの奇跡は雪ちゃんが起こしてくれたものだと思うし、そう信じていたい。
　だって——。
「ママー！」
　あの日、私には"もうひとつの奇跡"が舞い降りたから。
「みて～！　ほら、きれいなかいがらでしょ！」
　得意気な笑顔で小さな手の平を広げた六花に、自然と浮かんだ笑みを返す。
「うん、綺麗だね」
「まっしろなの！」
「本当だ、雪の色だね」
「ゆきのいろ？」
「うん」
　しゃがんで目線を合わせると、六花は小首をかしげたあとでにっこりと笑った。
「じゃあ、パパのいろだね！」
　六花がうれしそうに声を弾ませた直後、それに応えるかのように海から穏やかな風がふわりと吹いた——。

　＊＊＊

　あの日。
　お兄ちゃんに叱られた直後に下腹部が激痛に襲われた私は、すぐにお兄ちゃんに病院に連れていかれた。
　そこで医師から告げられたのは、私のなかに新しい命が

宿っているということだった。
　それは、雪ちゃんと最後に抱き合ったあのときに芽生えた、小さな命。
　海に入ったときにお腹に痛みを感じたのは、そこに新しい命が存在していたからだった。
　極寒の海で命を捨てようとした私を救ってくれたのは、雪ちゃんと彼が残してくれた新しい命。
　すべてを諦めようとしていた私の元に、２つもの奇跡が舞い降りてきたんだ。

　無茶なことをした私のせいで、もう少しでその命が消えてしまうかもしれなかったと言われたとき、自分の浅はかさを心の底から後悔した。
　そして——。
『この子は君の元に生まれてきたいと強く思っていたからこそ、君のなかで必死にがんばっていたのかもしれないね』
　続けて医師からそう言われたとき、この子はなにがあっても私が守りたいと思った。
　雪ちゃんに守られてばかりだった私が、本気で守りたいと思った命。
　無条件に愛おしさを感じた命を守るためなら、どんな困難が待ちうけていてもちゃんと前を向いて歩いていこうって思えた。

　六花を産むことを、誰も反対したりはしなかった。

正直、反対されるかもしれないと不安に思っていたから少しだけ驚いたけど、それよりも驚いたのは"お義母さん"の言葉だった。
『雪緒が倒れる前日の夜に、雪緒から頼まれていたの。これを渚ちゃんに渡してほしい、って』
　差し出された私名義の通帳に目を見開くと、お義母さんはさらに続けた。
『雪緒がバイトで貯めたお金よ。渚ちゃんに必要になる物だから、渚ちゃんの名義で通帳を作ってきてほしいって、雪緒から言われていたの。それで、渚ちゃんのご両親に協力してもらって通帳を作ったんだけど……。その言葉の意味が、今わかったわ』
　お義母さんの話を黙って聞いていた私は、みんなにどれだけ大切にされているかってことを、改めて実感した。
『雪緒のためにも受け取ってね』
　解約された雪ちゃん名義の通帳からはコツコツ貯金されていたことが読みとれて、こんなところにまで彼らしさを感じて……。
　勝手なことをした私のことを最後まで考えてくれていた雪ちゃんの優しさに、ただただ涙が止まらなかった。
　泣き声で、何度も『ごめんね』と呟いて。
　涙混じりのまま、何度も『ありがとう』と零して。
　そしてそのあとで、それ以上の『好きだよ』を心の中で何度も何度も繰り返した。

流産の危険性があるからと絶対安静を言いわたされて2週間も入院したあと、真保のスパルタ授業のおかげでなんとか高校を卒業することができた。
　卒業後は予定どおり実家に就職したけど、真保はそんな私を見てももう『甘ったれ』なんて言ったりはしなかった。
『まさか、あんたがここまでパソコンを使えるようになるとはね〜。ホームページもわかりやすくてオシャレだし。しかも、もうすぐ母親かぁ』
　そんな真保は、あの頃に教えてくれた夢を叶えるために地元を離れて念願の薬学部に進学したけど、ことあるごとに帰省しては私の様子を見にきてくれていた。
　六花が産まれたときなんて、大学を休んでお祝いに来てくれたほどだった——。

＊＊＊

「ママ〜？」
　海を見つめていた私を呼ぶ声に視線を下げると、六花が不思議そうな顔をしていた。
「ママ、うれしいの？」
「どうして？」
「だってね、うみみながらにこにこしてるんだもん」
　六花は、私を見あげたまま首をかしげている。
　その愛らしくてクリクリとした瞳を見つめながら、フフッと笑った。

「じゃあ、きっとうれしいのかな」
「どうしてうれしいの？」
「大好きな六花が、ママのそばにいてくれるから」
「りーも、ママだいすきだよ」
　にっこりと笑った六花の左の目尻にある小さなホクロが、雪ちゃんの笑顔を思い出させる。
　瞳を細めて微笑むと、六花が笑顔のまま口を開いた。
「ねぇ、はやくじーじとばーばのおうちにいこうよ！　きょうはパパのおたんじょうびなんでしょ？　りーね、パパにこのかいがらあげるの」
　六花は、小さな手の平でさっきの雪色の貝殻を大切そうに握っている。
　もう片方の小さな手をそっと取り、六花と手を繋いだ。
「パパ、きっと喜ぶよ」
　優しくそう言った瞬間、満面に笑みを浮かべた六花を見て、ふと"消えない雪"をみつけた気がした。

　いつか、自分は雪と同じように消えてしまうと言った、雪ちゃん。
　その悲しい現実に泣いてばかりで、雪が溶けない術を欲していた、私。
　それが今、まるであのときにはみつけられなかったものだと優しく教えてくれるかのように、新しい命となって私の目の前に存在してくれているんだ。

ねぇ、雪ちゃん。
　雪ちゃんは、やっぱり消えたりなんてしてないよ。
　だって、今、私の目の前では、雪ちゃんの結晶がこの海よりもキラキラと輝いてるから。
　それからね……。
　雪ちゃんが最期に唇に乗せてくれた言葉は、声にはならなかったけど……。
　伝えようとしてくれた"好きだよ"って言葉は、ちゃんと私の心に届いたよ。
　最期の最期まで、私のことを想ってくれて本当にありがとう。
　私も、雪ちゃんのことが大好きだよ。
　私は、これからもずっとずっと、雪ちゃんに恋しているからね――。

あの日。
すべてを諦めた私に
君が見せてくれた
雪の降る海。

あの優しい海を
私はいつまでも覚えているよ——。

Fin.

あとがき

　こんにちは。河野美姫と申します。
　この度は、『ずっと消えない約束を、キミと〜雪の降る海で〜』をお手に取ってくださり、本当にありがとうございます。

　野いちごに登録してから、今年でちょうど10年。
　昨年開催された『一生に一度の恋』小説コンテストで本作が優秀賞をいただき、奇しくもデビュー10周年でもある今年に、あの頃からずっと夢見ていたケータイ小説文庫からの書籍化が決まったときは、言葉にできないくらいの喜びと感動で胸がいっぱいになりました。

　この作品を書こうと決めたのは、7年ほど前でした。
　いろいろなことに落ちこんで悩んでいた当時の私は、思いがけず命についても考えさせられることになり、抱えていた様々な気持ちが種となって、『雪の降る海』という原題と渚と雪緒が生まれました。

　渚くらいの頃は、大人になればもう少しうまく不安や悩みを解決できるものだと思っていたこともありました。
　ですが、大人になった今も、あの頃と同じように不安も悩みも尽きません。

生きていれば心が折れそうになることも少なくはありませんし、『がんばれ』と励ましてくれるような大切な人がそばにいてくれたとしても、ときにはその優しさが余計につらくなることだってあると思います。
　だからこそ、『がんばれ』とは言わないけど、隣にそっと寄り添っている。
　この作品がそんな存在になることを願って、もがきながら書きあげました。

　また、私はいつも『読んでくださった方に笑顔に繋がる"なにか"を感じていただければいいな』と思っているので、たとえどんなに小さな欠片であっても、私のそんな想いが伝わっていれば幸いです。

　最後になりましたが、優しさと幸せが満ち溢れている素敵なカバーイラストを描いてくださった花芽宮るる様、素敵な賞をくださり書籍化にご尽力くださったスターツ出版の皆様。
　そして、いつも温かく応援してくださっている皆様と今これを読んでくださっているあなたに、精一杯の感謝の気持ちを込めて。
　本当にありがとうございました。
　いつかまた、どこかでお会いできることを願って——。

2019年4月25日　河野美姫

作・河野美姫(かわのみき)

大阪府出身。一番の癒しは、甘え上手な愛犬と過ごす時間。最近の楽しみは、おしゃれでコスパのいいお店を探して、ランチやスイーツを食べに行くこと。2009年に『Cotton Candy』(マーブルブックス刊)でデビューし、その後『甘い誓いのくちづけを』(スターツ出版刊)などを発表。現在は、ケータイ小説サイト「Berry's Cafe」と「野いちご」にてひっそりと活動中。

絵・花芽宮るる(かがみやるる)

3月生まれのおひつじ座。青森県出身、神奈川県在住。恋をしている女の子を描くのが好きなイラストレーター。趣味は夫とのカフェ巡り。書籍の装画や漫画の寄稿などで人気を博す。単行本『昨日よりずっと、今日よりもっと、明日のきみを好きになる。』(スターツ出版刊)発売中。

ファンレターのあて先

〒104-0031

東京都中央区京橋1-3-1

八重洲口大栄ビル7F

スターツ出版(株)書籍編集部 気付

河野美姫先生

この物語はフィクションです。
実在の人物、団体等とは一切関係がありません。

ずっと消えない約束を、キミと
〜雪の降る海で〜
2019年4月25日 初版第1刷発行

著 者	河野美姫
	©Miki Kawano 2019
発行人	松島滋
デザイン	カバー　齋藤知恵子
	フォーマット　黒門ビリー&フラミンゴスタジオ
DTP	朝日メディアインターナショナル株式会社
編 集	若海瞳
発行所	スターツ出版株式会社
	〒104-0031 東京都中央区京橋1-3-1　八重洲口大栄ビル7F
	出版マーケティンググループ
	TEL 03-6202-0386（ご注文等に関するお問い合わせ）
	https://starts-pub.jp/
印刷所	共同印刷株式会社

Printed in Japan

乱丁・落丁などの不良品はお取替えいたします。上記出版マーケティンググループまでお問い合わせください。
本書を無断で複写することは、著作権法により禁じられています。
定価はカバーに記載されています。

ISBN 978-4-8137-0665-6　C0193

ケータイ小説文庫　2019年4月発売

『幼なじみの榛名くんは甘えたがり。』みゅーな**・著

高2の雛乃は隣のクラスのモテ男・榛名くんに突然キスされ怒り心頭。二度と関わりたくないと思っていたのに、家に帰ると彼がいて、母親から2人で暮らすよう言い渡される。幼なじみだったことが判明し、渋々同居を始めた雛乃だったけど、甘えられたり抱きしめられたり、ドキドキの連続で…!?
ISBN978-4-8137-0663-2
定価：本体590円＋税

ピンクレーベル

『俺が意地悪するのはお前だけ。』善生茉由佳・著

普通の高校生・花穂は、幼い頃幼なじみの蓮にいじめられてから、男子が苦手。平穏に毎日を過ごしていたけど、引っ越したはずの蓮が突然戻ってきた…！高校生になった蓮はイケメンで外面がよくてモテモテだけど、花穂にだけ以前のままの意地悪。そんな蓮がいきなりデートに誘ってきて…!?
ISBN978-4-8137-0674-8
定価：本体590円＋税

ピンクレーベル

『新装版　眠り姫はひだまりで』相沢ちせ・著

眠るのが大好きな高1の色葉はクラスの"癒し姫"。旧校舎の空き教室でのお昼寝タイムが日課。ある日、秘密のルートから隠れ家に行くと、イケメンの純が！彼はいきなり「今日の放課後、ここにきて」と優しくささやいてきて…。クール王子が見せる甘い表情に色葉の胸はときめくばかり!?
ISBN978-4-8137-0664-9
定価：本体590円＋税

ピンクレーベル

『ずっと消えない約束を、キミと』河野美姫・著

高校生の渚は幼なじみの雪緒と付き合っている。ちょっと意地悪で、でも渚にだけ甘い雪緒と毎日幸せに過ごしていたけれど、ある日雪緒の脳に腫瘍が見つかってしまう。自分が余命僅かだと知った雪緒は渚に別れを告げるが、渚は最後の瞬間まで雪緒のそばにいることを決意して…。感動の恋物語。
ISBN978-4-8137-0665-6
定価：本体580円＋税

ブルーレーベル

ケータイ小説文庫　好評の既刊

『悪魔の封印を解いちゃったので、クールな幼なじみと同居します！』神立まお・著

突然、高2の佐奈の前に現れた黒ネコ姿の悪魔・リド。リドに「お前は俺のもの」と言われた佐奈はお祓いのため、リドと、幼なじみで神社の息子・晃と同居生活をはじめるけど、怪奇現象に巻き込まれたりトラブル続き。さらに、恋の予感も!?　俺様悪魔とクールな幼なじみとのラブファンタジー！

ISBN978-4-8137-0646-5
定価：本体590円+税

ピンクレーベル

『一途で甘いキミの溺愛が止まらない。』三宅あおい・著

内気な高校生・菜穂はある日突然、父の会社を救ってもらう代わりに、大企業の社長の息子と婚約することに。その相手はなんと、超イケメンな同級生・蓮だった！　しかも蓮は以前から菜穂のことが好きだったと言い、毎日「可愛い」「天使」と連呼して菜穂を溺愛。甘々な同居ラブに胸キュン!!

ISBN978-4-8137-0645-8
定価：本体590円+税

ピンクレーベル

『腹黒王子さまは私のことが大好きらしい。』*あいら*・著

超有名企業のイケメン御曹司・京壱は校内にファンクラブができるほど女の子にモテモテ。でも彼は幼なじみの乃々花のことを異常なくらい溺愛していて…。「俺だけの可愛い乃々に近づく男は絶対に許さない」――ヤンデレな彼に最初から最後まで愛されまくり♡　溺愛120%の恋シリーズ第3弾！

ISBN978-4-8137-0647-2
定価：本体590円+税

ピンクレーベル

『求愛』ユウチャン・著

高校生のリサは過去の出来事のせいで自暴自棄に生きていた。そんなリサの生活はタカと出会い変わっていく。孤独を抱え、心の奥底では愛を欲していたリサとタカ。導かれるように惹かれ求めあい、小さな幸せを手にするけれど…。運命に翻弄されながらも懸命に生きるふたりの愛に号泣の感動作！

ISBN978-4-8137-0662-5
定価：本体590円+税

ブルーレーベル

ケータイ小説文庫　2019年5月発売

『新装版　好きって気づけよ。』天瀬ふゆ・著

モテ男の凪と天然美少女の心愛は、友達以上恋人未満の幼なじみ。想いを伝えようとする凪に、鈍感な心愛は気づかない。ある日、イケメン転校生の栗原が心愛に迫り、凪は不安になる。一方、凪に好きな子がいると勘違いした心愛はショックを受け…。じれ甘全開の人気作が、新装版として登場！

ISBN978-4-8137-0685-4
予価：本体 500 円＋税

ピンクレーベル

『隠れオオカミくんの誘惑（仮）』雨乃めこ・著

クラスでも目立たない存在の高校2年生の静音の前に、突然現れたのは、イケメンな爽やか王子様の柊くん。みんなの人気者なのに、静音とふたりだけになると、なぜか強引なオオカミくんに変身！「間接キスじゃないキス、しちゃうかも」…なんて。甘すぎる言葉に静音のドキドキが止まらない!?

ISBN978-4-8137-0683-0
予価：本体 500 円＋税

ピンクレーベル

『ルームメイトの狼くん、ホントは溺愛症候群。』＊あいら＊・著

高2の日奈子は期間限定で、全寮制の男子高に通う双子の兄・日奈太の身代わりをすることに。1週間とはいえ、男լ生活には危険がいっぱい。早速、同室のイケメン・嶺にバレてしまい大ピンチ！　でも、バラされるどころか、日奈子の危機をいつも助けてくれて…？　溺愛120％の恋シリーズ第4弾♡

ISBN978-4-8137-0684-7
予価：本体 500 円＋税

ピンクレーベル

『新装版　逢いたい…キミに。』白いゆき・著

遠距離恋愛中の彼女がいるクラスメイト・大輔を好きになった高1の葉月。学校を辞めて彼女のもとへと去った大輔を忘れられない葉月に、ある日、大輔から1通のメールが届き…。すれ違いを繰り返した2人を待っていたのは!?　驚きの結末に誰もが涙した…感動のヒット作が新装版として復刊！

ISBN978-4-8137-0686-1
予価：本体 500 円＋税

ブルーレーベル

書店店頭にご希望の本がない場合は、
書店にてご注文いただけます。